Evelyn Waugh

HELENA

ヘレナ

目次

ピネラピ・ベッチメンに

To
Penelope Betjeman

まえがき

何年か前にこういうことがあったと伝えられている。(そんなこともあろうかと私も思うのだが) キリスト教に対して敵対的な態度をとることで有名なある婦人が、パレスチナから有頂天になって帰ってきて友人たちに「ついに真相をつかみましたよ」と語ったというのである。

「キリストがはりつけになったという話は、あれは英国のエレンという女のでっちあげですってよ。だってね、ガイドがまさにそのことのあった場所まで見せてくれたし、司祭たちだって認めているのよ。そこの礼拝堂をあなた『十字架偽作堂《インベンション》[1]』って呼んでいるんですからね。」

本書のそもそもの目的は、この有名なご婦人を幻滅させることではなく、昔の物語をもう一度ひもとくところにある。

これは小説である。

小説家というものは、自分の想像力をかきたてるさまざまな体験を材料に仕事をするも

1 インベンションは発見という意味で使われているのにこの婦人は偽作と解釈している

のである。この作品についての体験とは、私にとって、歴史書や考古学書をとりとめもなく読みあさることであった。だがめざす作品はもちろん歴史でも考古学でもない。私は権威が疑念を抱く箇所には、まことしやかな史実よりもむしろ、画趣に富んだ描写を取り入れ、彼らが口を閉ざして語らない部分には、何度か自由な独創の筆を走らせた。だが確かな史料に反することは一つとしてないものと信じている（史料の執筆過程で加えられた、明らかに勝手気ままな時代錯誤的解釈は別として）し、伝説と古い記録に基づかない部分はほとんどない。

読者は当然、どの程度真実なのか？　と聞くであろう。コンスタンティヌス大帝時代は妙に漠然としている。百科辞典に堂々と書かれている日付や冷厳なる事実が、考察を重ねるにしたがって曖昧になり、消えてしまう。聖ヘレナの生涯も推測に始まり伝説に終わっている。だが、彼女がコンスタンティウス・クロルスの妻で、コンスタンティヌスの母であることは確かであろうし、息子により皇后と宣言されたこと、三二六年にクリスプス、リキニアヌス、ファウスタらが殺害されたおりローマにいたこと、そのあとほどなくしてイエルサレムに赴き、ベツレヘムとオリーブ山の教会建設にあたったことなどは確かなことと思われる。また自ら発掘を指揮して、発見された木片を彼女およびすべてのキリスト教徒がただちにわが主のみまかりし十字架と解釈したこと、その一部をイエルサレムに残しおいて、あとは他の多くの遺品とともに彼女が持ち帰ったこと、生涯の何年間かをニシュ、ダルマティア、トリーアで過ごしたことなどもほぼ確実である。聖人伝作者の中にはヘレナは三二五年にはニカイアにいたと想像する者がある。それについてははっきりしたことはわからない。

聖ヘレナがいつ、どこで生まれたかもわかっていない。英国もご多分にもれず想像される多くの国々の一つでしかないのだが、英国の歴史家は自国を主張したがるのである。コンスタンティウスの初期の生活の詳細な記録がないため、彼が二七三年に英国を訪れたかどうかも明らかではない。彼の立場と能力から考えて、テトリクスの密偵となる資格は充分にあったと思われるが、実際にそれに雇われたとして登場させたのは全くのあて推量にすぎない。ボスポラスのヘレノポリス（ドレパヌム）もその地名をたてにヘレナの生誕地だと名のりを上げた。だが、コンスタンティヌス大帝はこうした家族的な感情の表明の仕方の点ではきわめて気まぐれである。少なくとも別のある町（スペインの）にも母親の名をとって名づけたものがあるし、妹のコンスタンティアには、到底その地で生まれたとは考えられないパレスチナのマイオウマ港にその名をつけて改名している。私がヨークよりコルチェスターの方が好ましいとしたのはその風景的な美しさにひかれたからにほかならない。年月――この時代のあらゆる年月日――は不明確である。ヘレナの賞賛者は彼女がイエルサレムへ行ったときは八十を過ぎていたと記述しているが、私はこれを信心深さからくる誇張と解釈している。

ヘレナが発見した木片が真の十字架であるかどうかもわからない。それが保存されていた可能性については、時間的にいって、ヘレナとわが主との距離は、われわれとチャールズ一世ほどもないのであるから認めるにやぶさかでないとしても、この信憑性を受け入れるにはまず発見と鑑定の奇跡的要素から認めていかねばならない。今日世界の各所で真の十字架の木片として崇められているものは、四世紀前半に崇められていた木材から分割されたものであるということはわれわれのだれもが知るところである。俗にこの〝真の十字架〟は寄せ集めれば戦艦一隻を組み立てるほどあるといわれていたものである。だが、前世紀にフランス人の科学者シャルル・ロオー・ド・フルーリーなる人が、たいへんな努力を払って全部の木片を測ってみた。すると、わが主のかかられた十字架は立方ミリメートルにしておそらく一億七千八百万と推定されるのに対し、彼の測ったものはわずか四百万にしか満たなかった。したがって容積に関するかぎりにおいては信心家の軽信も無理からぬことと言わねばならない。

次の人物は全くの架空である。マルシァス、カルプルニア、カルピシウス、エモルフス。さすらいのユダヤ人は、ヘレナとはそれ以前からのかかわりはない。特に登場させたのは創作上の都合から十字架発見にまつわる二つの矛盾した話を是正するためである。つまり一つはヘレナが夢の中で問題の場所に導かれたということ、もう一つはさらにあてにならぬくだりなのだが、ヘレナが年老いたラビを説き伏せ、一週間もとどめおいて情報を強要したという話である。

同様にして私はコンスタンティウス・クロルスに情婦をあてがった。彼が異常なほど潔癖として知られているにもかかわらずである。ある歴史家でヘレナをドレパヌムの年増のめかけとしている者がある。溺死したビテュニア女は、この話にはもともとなんら信ずべきものがないというヒントのもとに創案した。

これから読んでいただくページにはこの種の反射、反響的産物がいくつもころがっているが一々指摘するのは退屈であろう。いずれも楽しんで読んでもらうために配置したものである。

この物語は読まれるためのものである。そもそもが伝説なのだから。

主な登場人物

コエル王　英国トリノヴァンテスの王。ヘレナの父。
ヘレナ　女主人公。コンスタンティヌス大帝の生母。
コンスタンティウス・クロルス
　後のローマ皇帝。ヘレナの夫だが、マクシミアヌス帝の義娘テオドラと政略結婚のためヘレナを離別する。
コンスタンティヌス　ヘレナの息子。後のローマ皇帝。
ミネルウィナ　コンスタンティヌスの妻。
クリスプス　コンスタンティヌスとミネルウィナの息子。
ファウスタ皇后
　マクシミアヌス帝の娘でコンスタンティヌスが政略結婚のためにミネルウィナを離別して結ばれる。

コンスタンティア
　コンスタンティヌスの異母妹。リキニウスの未亡人。
リキニアヌス　コンスタンティアの息子。
マルシァス
　ヘレナの家庭教師。後のグノーシス派の権威。
カルプルニア　ヘレナの友人。
ラクタンティウス　キリスト教徒の美文家。
シルウェステル　ローマ教皇。
エウセビオス　ニコメディアの司教、政治家、文筆家。
エウセビオス　カイサリアの司教。
マカリウス　イエルサレムの司教。

第一章　王宮追想記

昔、大いなる昔、雨に打たれしその城壁の下で身もだえて揺れる花々に、まだ名まえすらついていなかったころ、高窓のそばにひとりの王女とひとりの奴隷が座って、その当時すでに古くなった物語をひもといていた。いや、もっと散文的な言い方をするならば、西暦二七三年（後にコンピューターで算出）の五月七日の雨の日の午後、コルチェスターの都では、トリノヴァンテスの大君主コエルの末娘、赤毛のヘレナが雨の中を見つめ、傍らで家庭教師がホメロスのイーリアスのラテン語版を読んでいた。

このとりでにひきこもっているにはふたりは不似合いな組み合わせに思えるかもしれない。王女は世間の好みが要求するよりはるかに背が高く色が白かった。陽光にあたると金色に光るその髪は薄暗い家の中でしばしば鈍い銅色を放ち、目には少年の物悲しさを思わせるものがある。そのかもし出す雰囲気は――ときには憤《いきどお》ろしく、ときには漠としながらもそこはかとない畏怖を漂わすものがあり、かの古典につながる英国の乙女のそれであった。十七世紀になると彼女が美人と解釈されたであろうと思われる年代が何十年かある。

だが早く生まれ過ぎた彼女は、ここコルチェスターで家族に囲まれ、普通の娘として通っていた。

家庭教師は彼女を自分の卑しい地位と、その地位を退屈にする日課の象徴と考え、嫌悪の情で見ていた。マルシャスの名で呼ばれ、そろそろ男盛りと思われるところにさしかかっている。浅黒い皮膚、黒いひげ、とがった鼻、異国の出であることを物語る郷愁に満ちた目、そして冬といわず夏といわず彼の流浪の身の上に抗議してか粘液質の咳が出るのだった。王女が日の出から日の入りまで出かけていなくなる狩りの日だけが彼の慰めで、その日は教室のただひとりの主《ぬし》のことを忘れて手紙を書き続けることができた。手紙は彼の人生であった。優雅で難解で、思索的で、叙事的な彼の手紙はスペインからビテュニアにおよぶ世界の国々の、自由な美文家から屈従的な詩人のもとへと飛んだ。もともとその知人たちが話し合ってコエルに一再ならず彼の買い取りを持ちかけたのである。そして若き学究のひとりであった彼の身に、陽気な小王家に所有されて日ごとうら若き乙女の相手を務めるという運命が、こぬか雨となりすき間風となって、舞いおりたのであった。王女の相手をするうえで不都合な点は何一つなかった。というのは少年のころ、バレーに早熟で気まぐれな趣味を傾けたことから、東方の市場に売りに出されたことがあり、それにふさわしく外科医が彼の体の余計な部分を切り取ってあったのである。

「白き腕《かいな》のヘレネ、侍女に囲まれて麗しく、玉の涙をこぼし、輝く麻布にて顔を覆いたり。ピテウスの娘アイトレと、雄牛の眼のクリュメネこれに侍《かしず》きて、スカイア城門に赴けり。……わたくしがこれを読んでおりますのは、自分で楽しんでいるのだとお思いでございますか？」

「漁師たちなんだわ」とヘレナは言った。「今夜のおふるまいに海から上がってきたのね。どのバケツにもたくさんカキがはいっていてよ。あらごめんなさい。その〝雄牛の眼のクリュメネ〟のあたりから続けて。」

「長老に囲まれて宮中に座せるプリアモス曰く。『トロイとギリシャがヘレネ王女のために武装したとて驚くには足らぬ。王女はオリンポスの高き山の空気を呼吸する者なり。座るがよい、わが子よ、戦いはそなたのものならず、不滅の神々のものなるべし。』」

「プリアモスって、うちの親戚か何かだった人よ。」

「お父さまがたびたびお口にされたのを伺ったことがございます。」

この閉ざされた部屋からでも、晴れた日には、はるか海を認めることができるのだったが、きょうは遠方は霧にかすんでいる。霧はヘレナが見つめている間にもう沼地や牧場、大きな邸や貧しい家々、先刻、軍管区長官が新来の客を連れてはいっていった浴場を覆ってしまい、ついにはすぐ眼下の掘り割りにはいりこみ、壁まで包んでしまった。こういう日には、ヘレナは、はじめてのことではないが——なにしろ彼女の楽しかるべき青春時代にはこういう日々の方が普通だった——よく思った——こういう日にはあの沼沢地の向こうにひっそりと姿を見せている丘の町はまるで雲の中で山岳の風に吹きさらされて立っているように見え、あのずんぐりした胸壁は底なしの淵に垂れ下がっているかのようだ、と。そして気持ち半分で背後の声を聞いていた——「彼女はこれら双子の兄弟がすでにスパルタの彼らの土地、生命を与うる土地にいち早く帰りしことを知らざりし。」ヘレナは下の白い虚空の中から一羽のワシが飛び立つのを捜すともなく捜していた。

やがて突風が吹いてきて霧が晴れ、彼女はつい大地から数フィートのところに連れもどされた。浴場の煉瓦の小丸屋根だけが自ら噴き出す煙と湯気に包まれてかすんで見える。自分たちはなんと地面に近いところに座っていたことか！

「トロイの城壁ってこのコルチェスターのよりも高かったの?」

「そうですとも。わたくしはそう思います。」

「とっても。」

「はい、とても。」

「見たことあって?」

「大昔に完全に破壊されてしまいましたから。」

「何も残っていないの、マルシァス? どこに立っていたかっていう目印か何かも?」

「いまでは観光客が群がる近代的な町になっております。ガイドが尋ねるものをなんでも見せてくれます——アキレスの墓、パリスの木彫りのベッド、大きな木馬の脚。ですがトロイそのものは詩の中にしか残っておりません。」

「わからないわ。」ヘレナは石造りの建物の頑丈な壁面をながめまわして言った。「都市をすっかり滅ぼすことができるなんて。」

「この世界は非常に古いのでございますよ、ヘレナさま。いたるところに廃墟があります。英国《ブリタニア》のような若い国におられると、とても想像がおつきにならないでしょうが、東の方に参りますと、かつては大都市だったという砂の山がいくつもございます。それらは運がなかったのだと考えられております。遊牧民族でさえも亡霊を恐れて避けて通ります。」

「あたしだったら怖くなんかないと思うわ」とヘレナは言った。「どうして掘り返してみないのかしら？　トロイの一部がまだじっと観光都市の下に隠されているにちがいないわ。もっと勉強したら、きっとそこへ行ってほんとうのトロイを見つけるわ——ヘレネのトロイを。」

「亡霊がいっぱいおりますですよ、ヘレナさま。詩人たちは決してそういう英雄を安らかに眠らせてはおきません。」

奴隷はまた手書き本にもどったが、読みはじめる前にヘレナが尋ねた。「ねえ、マルシァス、ローマもいつか滅ぼされるかしら？」

「それはそうでしょうとも。」

「そうでないといいわ。せめていまのところは。あたしが行ってよく見るまではね——ねえ、マルシァス、あたしまだ一度もあの都市《みやこ》へ行ったという人に出会ったことがないのよ。」

「戦乱からこのかたガリアからイタリアへ渡る者はごく少のうございますよ。」

「あたしはいつかきっと行くわ。野蛮人の捕虜がすごく大きな競技場で象と闘うのよ。マルシァス、あなた象を見たことあって？」

「いいえ。」

「お馬の六頭分くらいの大きさなのよ。」

「そのようでございますね。」

「いまにうんとお勉強して、なんでも自分の目で見ることにするわ。」

「お嬢さま、人はみな自分がどこへ行くかわからないものでございます。わたくしなどは以前、ぜひアレクサンドリアへ参りたいと思っておりました。一度も会ったことがないのですが、そこに友だちがおります。大変教養の高い人です。わたくしどもは互いに手紙に書けないことで話すことがたくさんあるのでございます。まず博物館がわたくしを買い取ってくれることになりました。ところがそちらへやられる代わりに、北へ回され、ケルンで不滅のテトリクスに売られ、そこからあなたさまのお父さまに贈り物として届けられたのでございます。」

「あたしが充分お勉強したら、お父さまはあなたを自由になさるのではないかしら。」

「いつでしたか、お夕食のあとそういうことをおっしゃっておいででした。ですが、与えられたり受け取られたりするようなものにどんな自由がございましょうか。自由になって兵士となり、あちらこちら命令でひき回され、果ては沼とか森の中で野蛮人に切り殺されますか。自由になって不滅の神々がねたむような財を築き、執行吏が取り立てにくるのを待ちますか。わたくしにはわたくしだけのひそかな自由がございます、ヘレナさま。お父さまにそれ以上のものがいただけるものでしょうか?」

「そうね、アレクサンドリアに旅行して、その教養の高い親友に会ったらどう?」

「人間の心には、これと定まった状態がございません。だれにどちらが自由だと言えますでしょうか、わたくしと不滅の神々と?」

「あたし、ときどき思うんだけど」ヘレナは家庭教師が自ら冷たい住処《すみか》として作りなした虚空の中を泳ぎまわるのを許しながら言った。

「いまの時代よりもヘレネの時代に不滅の神々だった方がずっとずっとよかったんじゃないかしら。不滅帝ウァレリアヌス[1]にはどんなことが起こったか知っていて? お父さまは昨日の晩たいへんな冗談をおっしゃったわ。皇帝がペルシャで見世物にされるのですって。剝製にされて。」

「ことによると」と奴隷が言った。「われわれはみな不滅なのかもしれませぬ。」

「ことによると」と王女が言った。「わたしたちはみな奴隷なのかもしれないわ。」

「お嬢さまはときどきはっとするような賢いお説を述べられますですね。」

「マルシァス、あなた、ガリアから来たばかりの参謀将校に会って? お父さまが今夜晩

1　ローマ皇帝二五三〜二六〇

餐会をなさるのは、その方のためなのよ。」

「われわれはみな奴隷です——大地〝生命を与える大地〟の。人々はいま方法と言葉について語り合っています。斉戒の方法と啓示の言葉について。それがアンティオキア[2]では大流行だと聞きます。二十人以上の生っ粋のインドの聖人を雇って新しい呼吸法を学んでおりますとか。」

「その方とても色白で謹厳な方よ。きっと何かとても重大な秘密の使命を帯びてこられたにちがいないわ。」

そのころ、浴室の熱湯《あつゆ》の間《ま》では軍管区長官が、やや自己満足の度合には欠けるが、これとほぼ同じ感慨に浸っていた。将軍は辺境地での活躍ぶりを物語る無数の傷跡部分を残す全身を真っ赤にし、健康な汗を流していた。多分に痛めつけられ、ここで手指一本、あそこで足指一本と失い、どこかで腱を一個ご用済みにしてはいるが、たくましい老軀で、その禿げてつややかな頭の下にある顔には、往年の若さの持つ不思議な天真らんまんさが湛えられていた。それと向かい合って、炎熱の薄暗がりの中に、はいってきたときと同じくらいの色合いのコンスタンティウスが、死体置場の屍のようにそのぬれて白く筋張った体

2　現在のトルコ南部の都市

を横たえて、しきりと質問を続けている。彼は二日前にここに着いて以来、若い将校らしく丁重に、かつ知る権利がある者らしく執拗に質問を続けていた。もし新参と古参の将校の間で持ち出されるならば、当然、将軍側から持ち出されてしかるべき話題を持ち出しては、適切かつ微妙な質問を繰り返していた。

「神帝ウァレリアヌスの衝撃的な一件もある」と軍管区長官は会話を幅広い興味に向けようとして言った。

「まことに衝撃的でございますな。」

「最初は乗馬の踏み台、次は足のせ台と持ち上げておきながら、いまではミイラだ。なめし皮をはぎ、藁を詰めこんで、たるきにつるし、ペルシャ人につつかせるという。わしも先だってはじめてよく話を聞いた。」

「はい、東方におけるわれわれの威信にまことに嘆かわしい影響を与えました」とコンスタンティウスが言った。「わたくしは昨冬ペルシャに参り、事の次第をつぶさに見て参りました。もしこのニュースが広がれば辺境の地域にもなんらかの影響があるとはお考えになりませんか——例えば第二アウグスタなどは？　第二アウグスタの士気はいかがなもので？」

「見事な団結ぶりだ。ただペルシャに切りこんでくれればと願うばかりだ。鼻をあかしてくれればと。」

「ほほう？　さようで？　それはおもしろい。われわれは第二アウグスタについては不安な報告ばかりを受けております。十一月にも冬期用官舎のことで悶着があったのでは？」

「いや」と将軍が言った。

「するとわれわれは安心してペルシャを不滅のアウレリアヌスに任しておけるというわけですか。」コンスタンティウスは大理石板から身を起こした。「ぬる湯の間《ま》でまたお目にかかります。」

将軍はぶつぶつと文句を言い、それを顔にあらわした。若輩が出ていったことはうれしかったが、その出ていき方が憤ろしかった。かつて自分が神帝ゴルディアヌスのもとに仕えたころには、新参は常に古参のあとに従い、その理由をわきまえていたと思う。

「まあよかろう」と将軍は考えた。このことは不愉快にはちがいないが、長年の習慣から判断するに、このことはそう考えるのがよい。特にこの肉体の煩わしさがわき上がり洗い流されてこわばった古い筋肉が弛緩し、腹の奥底で夕食を待ちうけるさわやかな消化液が流れはじめるのがわかる、一日で最も幸福なこの時刻にあっては。

「まあよかろう、あいつはちょっとした人物らしいから。」

コンスタンティウスの書類はテトリクス本人の捺印つきの整然としたものだった。当領土の視察を日課とする連絡将校。「視察だと、まさか」と将軍は考えた。だがあいつは「われわれ」と言った。あれほど多くを知りつつさらに多くを知ろうとしたあいつにとって「われわれ」とはだれなのか？「テトリクスではあるまい。おれの目は節穴ではないぞ」と将軍は考える。さもなければチェスターの第二アウグスタの不名誉きわまる情報を気にかけることもないはずだ。将軍は手をたたいた。するとそこに準備万端整えて控えていた奴隷が、いつも将軍がこの時刻に飲むたる抜きを一杯持ってはいってきた。ジンジャーとシナモンで香りをつけた冷たいケルト・ビールで将軍が作り方を教えたものである。それはのどに渇きを覚えさせると同時にうるおす特質を持っていた。将軍はぐいと飲み干すと大事な脇腹をこすった。

ようやくぬる湯の間に進んでいったときは、もうコンスタンティウスがマッサージを終えたあとだった。

「涼みの間《ま》でお待ち申しあげます。」コンスタンティウスはそう言うと冷水に飛びこんだが、将軍のようにはでにばしゃばしゃざぶざぶやるのと違って、穏やかに慎重に階段を一段ずつ丁寧におりて、まるで宗教上のお祓いのように水に浸り、待ちうける温かいタオルの中に出てきて身をすっぽり包むと、ホールの向こうにある自分用の腰かけに、まるで祭壇にしつらえられたそれに向かうがごとく、落ち着き払って進んでいった。

　奴隷たちは将軍の体を隅から隅までよく知りつくしていたが、午後のマッサージをああだこうだと文句を言われずにやりおおせることはまずない。それがきょうの将軍は気むずかしくはあるが何も言わなかった。やがて彼は冷たい水にざんぶりつかると、もうそれで気が済んで、コンスタンティウスの隣に腰かけを捜した。するとまだゆっくり落ち着きもしないうちに、もう質問が飛んできた。

「今夜、夕食をともにすることになっておりますコエルというのは、どのような人物でございますか?」

「まあ会ってみたらいい。安全な男だ。多少、威厳に欠けるところがあるかもしれんが。」

「地方の政治上、重要な人物でございますか?」

「政治上か」と将軍は言った。「政治上な。」それからやや間をおいて、熱湯の間で横になっているとき言おうと心に決めたことを言った。

「おわかりのように、ブリタニアは高度の繁栄をとげている領土だ。いや帝国じゅうのどの地方にもまさるといってよかろう。してその理由は、政治に介入しないからだ。ガリアの一部として常にそこから来る命令に従っておる。あまり無理な命令が来ないかぎりであるが、もしそういうことになっても知らん顔をするであろう。ポステウマス、ロリアヌス、ビクトリヌス、ビクトリア、マリウス、テトリクス――われわれにとってはひとりも同然だ。」

「と申しますと、テトリクスにも大層な追随者がいると――。」

「待ちたまえ、お若いの、わしはまだ言いたいことを言い終わっておらん。

わしは隠退してここへ来るまでずっと連隊に所属しておった。一度として政治活動をしたことも、情報活動をしたことも、特別任務を受けたこともない。貴殿はこの二日間というもの、わしに質問をし続けだが、わしは一つとして、していない。貴殿がだれであり、何を望んでいるのかも聞かなかった。書類によるとテトリクスの部下の一員であるということ。わしにとってはそれだけわかれば充分だからだ。いまも言ったように、わしはこれまで一度も秘密活動をしたことがないし、いまとなってはもうする機会もあるまいが、それはぼけてしまったからではない。少々忠告をさせてもらおうではないか。この次テトリクスの部下の一員になりすますときには、ペルシャを歩きまわったことを自慢せぬがよい。またわしにケルンの出だと思ってもらいたいのなら、護衛兵は過去十五年間ドナウに仕えた軍隊からひっぱってこぬがよい。

ところで、そろそろ老体の衰弊に免じて、一眠りさせてほしいころだが。」

「アフロディテ迫りくる闇の中にパリスを捕らえ、香たちこめたる丸天井の寝屋に運び、自らはスカイアイ城門にて侍女をはべらせて立ちいるヘレネを見つけに赴けり。その香り高きガウンを引きて曰く。『お行きなさい。パリスはいま、ダンスのあとの休息のごとく、輝く優美な装いにて木彫りの寝台に身を横たえ、そなたを待ちいます。』ゼウスの娘ヘレネは侍女たちの間をすり抜け、きらやかなるベールをまといしままパリスの部屋に入れり。笑いを良しとするヴィーナスが彼女のために寝台のわきにいすを一脚置きたれば、ヘレネ曰く。『戦いに倒れたまいしとばかり。』パリス答えたり。『われらもまた不滅の神の味方を得た。さあここへ。わが恋人は、ともにスパルタより船に乗りし日、海に囲まれしクラナエにて、はじめて相まみえし夜に変わらず、麗しく燃えているようだ。さあここへ。』かくてふたりは万字つなぎの寝台に横たわりしが、壁のかなたにてはメネラウスがパリスを見つけんと野獣のごとくにほえたて、番兵どもをかきわけて捜せども果たさず。ギリシャもトロイもパリスを黒き死神のごとくに憎みいたれば、何ぴともかくまう理なく、パリス軽卒に横たわりたるうち王アガメムノンはメネラウスを勝者、美女ヘレネを罪人と宣言したるなり。」

「まあおもしろい！」とヘレナ王女は言った。

「でもなんてインチキなんでしょう！　だってメネラウスは怒ってどたばた駆けまわって、人から背中をたたかれたりしただけなんでしょう、それなのにアガメムノンは威張って彼を勝者だなんて宣言したの？　その間じゅうヘレネはパリスとベッドにくるまっていたのね。なんてことでしょう！」

「これは英雄的美徳とまことに相矛盾する挿話でございます」とマルシァスが言った。

「だからこそかの偉大なる哲学者ロンギノスは後世の筆による書きこみではないかと言っております。」

「ああ」とヘレナは言った。「あの偉大なる哲学者ロンギノスね。」

この驚くべき博識家はヘレナにとって半ば興味、半ば畏敬に値する人物であり、その話は第二の英雄物語であった。一つめは工兵隊の軍曹をしていてピクト人に殺された乳母の父親の物語で、ヘレナは幼いころからその武勇と高潔の物語に飽くことを知らなかったが、やがて育児室から勉強部屋に移されるに及んで、今度は不つりあいにもロンギノスが並んで位置を占めた。マルシァスが肉親の孝養も及ばぬほどの傾倒ぶりを見せて、その名まえが、毎時間毎レッスンごとに必ず顔を出すからであった。はるかパルミュラの堂々たる王座に座る全知の博識家ロンギノスはいつしか彼女の心の中で民族の伝承の一部となり、いまなお調理場付近でささやき交わされる怪しげな伝説を語り歩く、かまとヤドリギを持つ白衣の翁と同じ人物であるかのように思われるのだった。この二つの相異なる英雄の鑑《かがみ》は、青春時代のヘレナにとって尊崇する神にも等しいものであり、彼女は素朴な、しっとりとした親近感と、同時に畏怖を寄せていた。

軍管区長官のいびきがまだ丸天井に轟きわたっている間に、コンスタンティウスはすでに端然と身支度を整え、雨とぬかるみをついてひとり市の入り口へと行った。

「あの方が行くわ」とヘレナが言った。「謎の人物、すてきな方。」

コンスタンティウスは宿舎に着くと衛兵長を呼んだ。

「伍長、兵士たちに即刻、連隊旗をおろさせろ。」

「了解いたしました。」

「それから伍長、一同にいささかも油断するなと申せ。もしだれかに質問されたら、ライン地方から来たと答えさせろ。」

「そのように申してあります。」

「では、もう一度言っておけ。もし余計なことをしゃべっているのを耳にしたら、いつなりと営倉にぶちこむぞ。」

そういうとコンスタンティウスは近侍と調髪師を呼び、晩餐に備えて、身軽な視察の旅をしている佐官——機密任務を帯びて——にふさわしい装いをこらしにかかった。

淑女たちは紳士と一緒の食事ではなかったが、実によく食べた。彼女たちの小じんまりした居間はホールと調理場の間にあり、家事をとりしきっているヘレナのおばが全部の料理を自分の好みに合わせて、炭火からおりてくる前に、目の前で味を整えさせたから、ごちそうはどれも汁気がたっぷりあり、舌が焼けるほど煮立っていて、王の前に出されるものほど飾りつけられてはいないが、風味の方はいささかも劣るものではなかった。そのうえ、女の家族たちは、男のようにぶざまにクッションによりかかって奴隷に給仕をしてもらうのではなく、低いテーブルに載った食物とまともに向き合って座り、袖をまくりあげては手を鍋につっこむのだった。簡素だが豊富なごちそうの内容は何かというと、サフラン入りのカキのシチュー、ゆでたカニ、バターで揚げたシタビラメ、子豚のミルク煮、食用おんどりのロースト、玉ねぎのスライスと子山羊の肉を交互に串刺しにして焼いたもの、はちみつと卵とクリームでできた簡単で甘い菓子、それからギリシャのサモス島の深いつぼにはいった自家製のはちみつ酒。イタリアとかエジプトではこうはいかないだろうが、英国の淑女たちの好みとこの場のムードには実によく合った献立だった。

「なんと大層なごちそうでしょう!」ヘレナ王女はもうがつがつと食べにかかりながらそう言った。「素晴らしいごちそうだこと!」

淑女たちは演奏会に備えて装いをこらしていた。ヘレナも勉強のときには太い朽葉色のおさげ髪でいたものを、いまは大人っぽい服装に着替え、飾りたてている。着ているものは絹の刺繡入りのローブで、ひとこぶラクダと、船と、ラバと、人足の手によってはるばる中国から運ばれてきたものである。はいている細身のスリッパは石や金糸でまばゆく光り、先刻、手と白い二の腕を洗ったあとでは――あのときは、「白き腕《かいな》のヘレネ、侍女に囲まれて麗しく」を思い出しながら湯気の立つ石灰水をはねかえして洗った――母の宝石箱から末娘の取り分として与えられた十六個のさまざまな指輪を、若く丈夫な指にしっかりとはめたのだった。

「ほんとうに魅力的ですことね。」おばは、ヘレナの額のリボンを直してくれてそう言った。

「まだはいっていってはなりませんよ。殿方はやっと少し酔いはじめられたところですからね。」

ほどなく王家の淑女たちは入場した。「ヘレネ、侍女に囲まれて麗しき、盾を携えたるゼウスの娘」ヘレナはそう思いながら、おば、父の三人の側室、三人の結婚した姉、ふたりの未婚の姉に続いて、最後に一番背の高い姿を現し、父に挨拶をした。父は寝いすからだれにともなく優しく手を振り、一同は、部屋の片隅にある十脚の堅いいすに座を占めた。

そのときオーケストラが曲を奏ではじめた。弦楽器が三つに、思いもよらぬ音の出る管楽器が一本、それと歌い手――ひとり、続いてまたひとりとまるででたらめかと思えるように出てきて、最後にやっと古参の八人の低音が声をそろえ、胸いっぱいに哀歌の序曲を歌った。

「この種のものには慣れておいでだろう」と軍管区長官がひそかにコンスタンティウスに

言った。

「いっこうに。」

「コエルが宴会を催すおりには決まってこれが出る。何時間も続くのだ。」

最初の物悲しい調べを聞いただけで、すでに自らの供応に充分満悦を示していた王は、明らかに陶然となった。「予が気に入りの曲じゃ」と王は説明した。「わが先祖を哀悼する歌じゃ。いつも最初はこれをやらせる。すべての真の芸術の例にもれなく、これも驚くべき長さを持っておる。だがもちろんわが母国語で歌われておるから、そなたたちには理解に苦しむ箇所もあろう。特に素晴らしい箇所へいったら教えてつかわす。ただいまのところは遠い昔のほぼ伝説に近いわが一族の始まりのころのことをやっておる。スカマンデル河神と妖精イダイアとの不身持ちなむすびつきのあたりじゃ。さあ聞くがよい。」

弦と詠者はあるいは高くあるいは低く、あるいは容赦なく奏で、ひげのある合唱者はあるいは重々しくあるいはおおげさに、あるいは哀れっぽく歌い、兵士たちはだらりと怠惰な格好に寝そべり、王家の淑女たちはぴんと硬くなって座っていた。小姓ははちみつ酒のつぼを持って寝いすから寝いすへそっと渡り歩き、軍管区長官はやおら身を起こしてまた一度嘔吐場——ずっと食べ続けるために吐く場所——へよろめいていった。

異様な眠気を誘いながら歌声は天井の格間《ごうま》からモザイクの床舗《しょうほ》まで、ホールじゅうに満ち満ちて、はるか夜のかなたに一族の死の物語を伝えた。

「アイネイアスの曽孫ブルータスがブリタニアに着いたところじゃ」とやがてコエルが言った。「つまり言うてみれば、やっと近代になってきおった。彼はまさにわが民族の父だ。彼はこのブリタニアの領土がごく少数の老いた巨人を除いてはほかにだれもいない土地であることを知ったのだからな。ブルータス以後、物語はいよいよ詳しくなる。」

コエル王の一族はひとりとして——ひとりとしてと言ってはおおげさかもしれないが——自然死した者はないように思われた。ある者は義理の娘によってぶどう酒に毒を盛られ、それを飲んで裸で森の中を暴れまわり、若木をひき裂いて狼や熊を脅かしたというが、これとても、とりたてて目立つ例ではない。この古代の調子の外れた一族のありとあらゆる死にざまが——あるいは昔語り、あるいはケルトの民話、あるいは冷厳なる歴史的事実として——調理場の匂いと、ランプの匂いと、重たるいはちみつ酒の匂いの中に不調和に混じり合い、ふくれあがった。

コンスタンティウスは、元来、節制家であった。ガリエヌス神帝の時代から、大食のゆえに身を持ちくずし、将来を棒にふった将校をひとりならずこの目で見てきている。だが今夜の彼はしたたかに飲んだ。したがって宴会による激しい苦痛は和らぎ、陶然と身を横たえていたが、酒の毒気にあてられて、平常のおのれを失い、おのが持てる才能の一つ一つを、あたかも彫刻師が盆の上に整然と並べられた宝石を見るかのように、ながめることができ、おのれをほぼあるがままに把握することができた。コンスタンティウスには自惚れが少ない。過去二世紀の間にこの大いなる情熱によって多くの者たちが燃えつきた。多くの者たちがこの病で命を失くして、いまでは神々の遊び仲間となっている。おのが目で見るかぎりコンスタンティウスは完璧とはいえなかった。彼の才能には必要なものがみなそろっている――だがそれ以上ではない。典型的な才の寄せ集めであってユニークではない。だが充分ではある。これでなんとかやっていけよう。彼の欲することは単純である。きょうではなく、明日でなくともよい。だが近い将来、それを使うのにあまり年を取り過ぎないうちに、コンスタンティウスは世界が欲しかった。

「いま歌っておるのはボアディケア[3]の鞭撻《べんたつ》じゃ」とコエルが言った。「われわれローマ人には微妙な主題だが、わが一族には懐かしいものだ。」

この演奏はヘレナにとって父と同じくらいに聞き慣れたものであった。それで死者目録からはさっさと身をひき、消化を助ける意味合いも含めて、子供のころから楽しんできた

3 古代ブリトン人イケニ族の女王でローマ軍の暴力的支配に抗して服毒自殺した

空想にふけった。多分ここにいる女性にはそれぞれだれしも心のどこかにこうした過去の秘密があったために、十脚の厳しいいすにいつまでも座り続けていられたのだろうと思う。ヘレナは馬と遊んでいた。まず最初の子馬のこと。思わず息をのみ、言葉もなく、到底越し難い障害物を乗り越えたあの野外横断競馬。見事な跳躍と弾性の刃を振りまわすような果てもなく長い直線コースの疾走。最初のころは何時間となくたったひとりで時のたつのも忘れてただギャロップを続けたものだったが、やがて後年、花も恥じらう娘時代を迎えるといよいよもってこの遊びに興奮の度を加え、今度は双方が互角で遊んだ。乗り手の意志が手袋をはめた手から馬銜《はみ》の下の温かく柔らかい舌まで、長い手綱を通して伝わる。意味のある言葉、なだめ、命令が、ときにはまつ毛のごとく繊細に、ときには冷酷に、強制的に、鋭い拍車、急激なむちさばきとなって語りかける。そして馬の側には尻込みする意志がある。突然わが身にかかる馬勒《ばろく》と鞍と脚の拘束を振りはらい、身をふるわせて自信に満ちた平衡を保ち、乗り手の体の下に強力な生命と闘う意志があることを思い出させ、乗り手はこれまで当然と思っていたことがことごとくくつがえされて形勢逆転したのを知り、ついには全身をもって組みついていく。やがて遊びが極に達して汗と血混じった泥にまみれる中で、甘い降参と和解の瞬間が訪れ、両者は、子供のころよくそうしたように、のどかな、風以外には何一つさえぎるもののない大地を、どこまでも駆け続ける。彼女はどうにかその栗毛を操っていた。

こうしてヘレナがギャロップを続けている間も、先祖の死を歌う、やや毒気をはらんだ調べはあたりをふるわせていた。

「いま歌っておるのは、シンベリンじゃ」と王が言った。

やがて手綱を握ったヘレナの手が雌馬を落ち着かせ、穏やかなだく足にもどした。軽く首をたたくと馬は馬具の銀の飾りの下で身をふるわせてそれにこたえる。ヘレナと馬はちょうど水際《みぎわ》を行く恋人同士が互いに手に手をとって歩くようにゆっくりとそぞろ歩く。やがて片脚に重みをかけて体重を軽く移し、想いをこめてつと唇を寄せる。と、馬はそれに勢いを得て、再びヘレナの若く熱のこもった空想の空地の中を元気よく駆けまわるのだった。

哀歌は終わり、歌い手たちは、はちみつ酒でのどを鳴らした。笛の吹き手は唾液を吐いて口を乾かし、フィドルひきは弦をいじくりまわした。王の拍手が一時的に並みいる一同をさまざまな夢想から目ざめさせた。だが一時的にであった。乾杯とそれを飲み干す間がおかれただけで、音楽はまたもや始まったからである。

「今度はきわめて近代的な歌じゃ」とコエルが言った。「予の祖父の時代に第九軍団の全滅を記念するためケルトの楽人の長が書いたものじゃ。」老いた王はそう言うと、いつもテーブルに着くときの都会的ないでたちとは対照的なトーガにゆったりとくるまって、歓喜に身を揺さぶった。

馬はヘレナのすがすがしく高揚する空想の中を駆け続け、高く器用に飛びはね、馬銜をかみ、馬勒の金具や輝く鋲を揺さぶり上げ、手綱をハープの弦のように賛同と得意の調べにうち鳴らし、甘く、優しくわが乗り手の騎士道精神を世界に示そうとする。ヘレナはそういう具合に走っていた。

コンスタンティウスもまた乗っていた。勝ち誇って乗っていた。汗とニンニクの臭気に満ちたローマ市内で二輪の戦車に乗っていたのではない。くびきをかけられた君主たちや異国的な動物たち、施物係、易者、曲芸師、儀礼団に先導されてでもない。公的凱旋式の無言劇の中ででもない。戦いに疲れた勝利の軍団の先頭に立ち、武力の中核として、占領地へとつき進んでいたのである。彼を取り巻く群衆のある者は陰うつに、ある者はおずおずと、ある者は不意の救済に感謝して興奮しながらも、通り過ぎてゆく彼のその顔に、この先自分たちにふりかかる未来の前兆が現れていはしまいかとのぞきこむ。こうして軍服姿で、いま征服したばかりの不安に満ちた群衆の渦の中へ揺られてゆくのが、コンスタンティウスの凱旋の夢想であった。

彼は身を横たえたままホールの向こう側に居並ぶ婦人たちに目をやった。観察するともなく観察しつつ、うっとりと放心している顔に一つずつ目をあてているうちに、とうとう一番下座の、ただし、手幅尺でいうと低いどころか一番高い位置にいるヘレナが目を上げ、彼と視線を交えた。ふたりはそれと気づかぬまま、遠くから互いを見つめ合い、その視線は、水差しから立ちのぼる湯気のように一緒になって走り、止まり、片方が相手の上にふくれあがり、やがて突然、一塊になったかと思うと一瞬小滝となって落ちた。ヘレナは早足で駆けだし、コンスタンティウスは勝ち誇って彼女にまたがった。

コンスタンティウスは思いがけず、かつてないことをしてしまった。彼の才能に似つかわしくないあることを。彼は恋に陥ってしまっていた。

第二章　美女ヘレナさらわる

宴会の翌朝、コンスタンティウスは早くに気分悪しく目を覚ました——ぶどうの栽培地にいるときでさえも、アルコールを飲むといつもこうだった——が、さすが経験豊かな将校らしく、いわば間髪を入れずして不快の重荷を部下に背負わせる方策を講じた。ここ何週間か、早朝の厩《うまや》は伍長に任せっ放しである。今朝のように気だるく胸の悪い朝は訓練にもってこいである。

予期した通り、すべてがたち遅れていた。彼は挨拶をしたときの伍長の目の中にそのことを読み取った。気をつけをしている兵士たちの様子からもうかがえたし、手入れのでき損った馬たち、とりちらかった藁からも判断できた。それればかりか、厩に、女がいた。馬具室のとびら越しに後姿が見えたが、赤毛の女で、驚いたことに馬勒を身につけている。女はこちらを振り向き、馬銜を口からはずすとにっこりほほえんだ。

「遅くていらっしゃること」とヘレナは言った。「馬勒を見せていただいてもかまいませんでしょう？　係の方が困るとおっしゃったのですけれど、でもあたくしはかまわないと

思いましたの。こちら、馬のことを何もご存じありませんのよ。ガリア産だと思っている
の。」

「その通りでございます、お嬢さま」と伍長はやっと話が安全圏にはいったことを喜びながら言った。「われわれはみなガリア産です。兵士も馬も。そういう指令を受けておりますので。」

「でも馬は違ってよ。ああいう馬はどこにでもいますわ。南部のアレクタス飼育場から来たのでしょう。以前一頭送ってよこしたことがありますわ。とても特徴的なのですもの。そうじゃありません?」彼女はコンスタンティウスに尋ねた。

「おっしゃる通りです」と彼は言った。「シルチェスターで補充をしたのです。ですがここで何をしておられる?」

「あら、あたくしはいつも歩きまわって新しく来た馬を見ますの。」

「そして馬具をつけてごらんになる?」

「そうしたいときには。おや、ご気分がお悪そうですこと。」

「よろしい、伍長、行け。」

「とても真っ青。」

「昨夜、ちょっとお会いしましたな。」

「ええ。」

「厩をうろつくほかに何をしておられる?」

「あら、まだ勉強中ですの。あたくし王の娘でございましょう、あたくしどもブリトン人はとても教育を重んじます。お名まえはなんと?」

「コンスタンティウス。してあなたは?」

「ヘレナ。青いお顔のコンスタンティウス。」

「馬丁のヘレナ。」

このときさり気なく気軽に交わされたふたりの呼び名「青白き《クロルス》」、「馬丁《スタブラリア》」はこれに端を発して後世までも歴史のページに定着することとなった。

コンスタンティウスは旅程に求婚の日程を組んでいなかった。全ブリタニアの訪問は義務を上回る彼の熱意によるもので、いわば本来の使命の付随的行動であり、いざとなったら説明を迫られるたぐいのものであった。だがもしほかの用件がすみやかに片付き、一か月ほどの余裕ができれば、ひそかに海峡を渡ってこの行き来の多い属国を自分の目で見、自分なりの意見を固め、常日ごろ築きつつある帝国政府の膨大なる構想に新たな知識を加え、個人的に面識のある有力者の名まえをひとりふたり増やすことくらいたやすいように考えていた。だが恋に陥ることは勘定に入れていなかった。

しかしながらこういうことになってしまったからには、迅速に事を片付けねばならない。彼はコエルに求婚を申し出た。

「大いに結構なことじゃ」と王はふきげんに言った。「しかしそちのことはまだ何一つ知らぬが。」

王はすでにコンスタンティウスを酔わせたり正気にしたりしてみたが気に入っていなかった。退屈でずるがしこいと見た。酔ったときは退屈で、醒めたときはずるがしこい。コエルの判断での紳士の部類にははいらなかったし、このヘレナの結婚問題が持ち上がるや否や相談を持ちかけた軍管区長官もコエルがいま言ったのと同じことを言った。「自分はこの男のことを何一つ存じませぬ。」

コンスタンティウスは答えた。「知っていただくようなことはあまりございませぬが……いまのところは。」

「家族は?」

「その点では全くご安心いただけるものと存じます。」

「ほう?・」

「目立たぬ存在のままおるものと存じまする。」

「ほう?・」

「その意味におきましては、わたくしの提案いたしますこの縁組があるまじきものと懸念される事はさらさらございませぬ。」

コエルはさらに詳しい説明があるかと待ちうけたが何も出てこなかった。それでとうとう自分からこう言った。「ブリタニアでは旧弊だと思われるかもしれぬが、われわれはこのような事柄については、いまだに大いに気を使うのじゃ。」

「ほう?・」

コンスタンティウスはここ何日間か心中を悩ましていた問題を、これでけりがついたと考えて心のどこかに片付けた。彼ははじめブリタニアを出てしまうまで、あるいはラインを渡ってしまうまでは秘密は明かすまいと考えていた。だが王もそうやすやすとは言い抜けさせなかった。コエルの単純明解なるしきたりによれば、もしひとりの男子が誇るに足る家系の出であると知れば、ただちにオーケストラを雇いそれを音楽にしなくては気が済まなかったのである。

とうとうコンスタンティウスは口を開いた。「王は説明を求める権利をお持ちです。しかし是非ともひとつご内密にお願いいたしとうございます。お話申しあげれば、わたくしが躊躇いたす理由がおわかりいただけましょう。わたくしの申した以上何も聞かずにおおきいただきたかったところでございますが、かくも強要なされるのであれば――」彼はその先の宣言に充分の重みを与えるだけの余裕をおいて――「わたくしは皇族の一員でございます。」

反応がなかった。「そちが、か?」とコエルは言った。「そのようなものがあるとははじめて聞いた。」

「わたくしは神帝クラウディウスの姪の息子……そしてまた」と彼は付け加えた。「神帝クィンティルスにとっても同じです。こちらの在位は短期間でしたが、完全な立憲政体でした。」

「ほう」とコエルが言った。「神帝神帝と申すが、だれなのじゃ? 最近の皇帝はみな」――としごくもっともらしく――「歌になるような者はまるでおらぬ。彼らに敬意を表することと、家族の一員に迎えることとは別の話じゃ。わかるじゃろう。」

「父方のことを申しますならば」とコンスタンティウスは言った。「わたくしはドナウの貴族の出でございます。」

「ほう。」コエルは興味なさそうに答えた。「ドナウ人なら会ったことはあるが。して、家はどこじゃ?」

「家族の持っている地所は膨大なものですが、みなそれぞれ分家のものとなっておりま す。わたくし自身にはお話するような財産は何もありませぬ。」

「ほう。」コエルはうなずいて黙りこんだ。

「わたくしは兵隊です。送られたところで暮らすのが当然です。」

「ふむ。」コエルは言ってまた黙りこみ、やがて「では娘と話してみよう」と言った。「ここでは、いわばそちがドナウでするような具合には結婚をとり決められない。ヘレナが決めることじゃ。」

コンスタンティウスはこれを聞くと、かすかながら自信たっぷりに微笑した。そして王の前を辞した。

「はちみつ酒。」コエルは大声で呼ばわった。「それと音楽じゃ。いや、おまえたちではない。」――ケルトの楽人がぞろぞろとはいってくると王は言った――「弦が三つと管が一本でよい。わしは考えごとがある。」

やがて、穏やかなムードで、コエルはヘレナを迎えにやった。

「勉強のじゃまをしてすまなかったな。」

「ちょうど〝お休憩〟でしたの、お父さま。あたし厩を回ってあの後足で前足をけったピュラデスを見てきましたわ。火曜日までには元気になりますわ。」

「ヘレナ、わしは例の青白い顔をした参謀将校から、実にあつかましい申し出を受けた。そちと結婚したいと申しておる。」

「はい、お父さま。」

「なんとやら神帝とか申す、最近皇帝をやったつまらんやつの親戚だそうだ。バルカンのどことかから来たと申しておる。まさか、あのような者と結婚したいとは思うまいな?」

「思います、お父さま。」

「やめ、さがれ。」コエルは突然楽隊に向かって言った。「鉢を持って、さがれ。」奴隷にも言った。音楽は乾杯の歌の途中で消え、藺《い》の上でスリッパがすり合う音がして部屋は静まりかえった。「そのようなものを、いじくるのはやめろ。」コエルはヘレナに言った。

「くつわの鎖ですわ。鉤《かぎ》が曲がっていますの。」

「しまえ、いやそこにではない。」——ヘレナはそれをチュニック・ドレスの衿元に落とした。

「もうしまいました。」ヘレナは金具がもっと気分よく胸もとに納まるように肩をもそつかせたあと、ぴんと胸をそらした。背中に回した指だけがまだ何かをいじくっている。

「いつかはだれかと結婚しなくてはならないのでしょう。」彼女は言った。

「そのようなことは決して考えない。まだそなたを女と思ったことがない。」

「まあ、お父さま。」

「姉さまたちのように丸々太って料理も裁縫もすべてよく心得ておる者たちの場合とはわけが違う。彼女たちには毎週のように勧めておる。だがヘレナ、そなたのことはまだ考えたこともなかった。まるで男の子のようで、男の子のように馬を乗りまわしおる。家庭教師も、どういう意味でか知らぬが、そちは男性的な頭を持っておると言っておる。せめてそなただけは年老いた父と家にとどまってくれるとばかり思っておった。それにもし結婚しなくてはならないとしても、何ゆえ異国人を選ばねばならぬ？　確かに、われわれはローマ市民であることはある。だからと言って、ユダヤ人もいればエジプト人も、忌まわしいドイツ人もみなローマ人ではないか。やつらはわしにとっては異国人でしかない。そなたも外地には暮したくないであろう。」

「どこであろうと、コンスタンティウスの行くところでしたら、一緒に行かねばなりませんわ。それに、あの方は、都へ連れていくとお約束してくださいましたの。」

「都だと！　軍管区長官に聞くがよい。行ってきた者に会っておるはずじゃ。あれこれ聞いておるじゃろう。恐るべきところだと言うておった。」

「自分の目で見てみなくては、お父さま。」

「そのようなところへは行くでないぞ。当節では行かずに済む者はだれひとりとして行こうとしないところだ――神帝たちでさえも。それに、生涯どこかバルカンの兵舎で暮らすことになるぞ。」

「コンスタンティウスと一緒なら仕方ありませんわ。それに、お父さま、あたしたちトロイ人はどうせもともと流浪の民でしょう――テウクロスに追放された哀れな民たちでしょう?」

やがてコエル王はもう少し楽観的でない人物なら絶望と呼びそうな心境に陥りつつも、結婚の祝宴に注意を向けはじめた。

コンスタンティウスはしきりと外地に向けて出発したがっていたから、縫子たちもゆっくり王女の衣装を整えている暇はなかった。伝令官も親族を呼び集める暇がない。ただト占官《ぼくせんかん》[1]だけが吉日をとり決めた。高い塩風が吹き、陽光の切れない一日を。時を見て雄牛が打ち倒され、春の花々で作った花輪とともに神殿の中庭に横たえられ、砂を敷いた床の上で血みどろに砕かれた。ポーチでは花嫁と花婿が小麦のケーキを切り、神々とアウレリアヌス神帝のために香をたこうと奥の院にはいっていくと、王家の楽人が、父から子へ、ローマの神々がまだこの島国に知られる以前から語りつがれ、教えつがれ練習を積んできた祝婚歌をうたった。

大広間にはいると花嫁と花婿は日没まで王座につかされ、廷臣や駐屯兵たちがまわりで祝宴をはった。宵闇が迫るとふたりはコンスタンティウスの宿舎に案内された。彼は花嫁を両腕に抱き上げて、彼のでも彼女のでもない家、すなわち兵士の宿舎の敷居を越えた。花婿の荷物はすでに旅行の準備ができて、寝台のそばに積み上げられている。

饗宴の楽の音と人声は霧をついてはっきりと聞こえてきた。

「番兵には起床らっぱまで休みをやった」とコンスタンティウスが言った。「充分休んでくれるとよいが。これから辛い旅が待ちうけているからな。」

1　古代ローマで鳥の挙動などで吉凶を占った祭司

やがて酒に浮かれた人々が松明を持ってくり出してきて、家のまわりを歌い歩いた。ヘレナは素足で荷物の間を歩いて窓のところへ行った。そこに立って見ていると、見えるのはただ眼下の霧の中で動いている金色の炎の球だけだった。

「楽人たちですわ、クロルス。こちらへ来てごらんなさいな。」

だがコンスタンティウスは彼女の背後の明かりのない暗い部屋の中に横たわったままだった。

歌は終わりになった。ヘレナは松明が暗闇の中で消えていくのを見ていた。ぱあっと燃え上がってはなくなっていく。人声がささやき声に変わり、やがて完全な静寂となるのを聞いていた。婚礼の臥所《ふしど》だけがぽつんと夜と霧の中に取り残されたように思われた。

「まるで島に取り残されたようではなくて？〝海に囲まれしクラナエ〟みたい。」

「クラナエ？」とクロルスが言った。「クラナエ？　そんなところは知らんな。ブリタニアのどこかの島の名まえか？」

ヘレナは夫のそばへもどった。

翌日、コンスタンティウスが先発隊を出発させ、梱包した荷物の分類を行っている間に、ヘレナは最後にもう一度だけと、いつもの野原へ狩りに出かけた。それ以前にコルチェスター周辺の樹木はみな伐採されていた。広義には防衛の目的、狭義には燃料として使うために。ヘレナたちが森へ近づいていくと、獲物の隠れ場のやぶや二番生えの若芽が城壁に沿ってこっそりのびかけ、まばらながら一線をなしはじめていた。道も伏兵を警戒して取り払われていたのである。海に向かって広大な耕作地と沼地が広がり、そこはすばしこい獲物もいる代わりに、ときには馬も乗り手ものみこまれるようなだだっ広い場所であった。猟犬どもは追い立てられてもじきに臭跡を失った。猟師にも猟犬にも機敏さと長年の経験が問われるむずかしい地形である。ときには獲物は隠れ場のきわまで行って槍の前に落ちる。ときには猟犬が遠くへ行ってしまって森の中でへばる。狩猟師の腕はひとえに犬を道に迷わせず、内陸地にひき留めておくことにあった。

期待通りの日で、霧は早くに湿潤した風のない原野の強烈な香気を残して晴れた。「待ち望んでいたお天気でございますな、お嬢さま——いや、その、奥さま」と狩猟長が言った。ヘレナはピュラデスに乗っていた。またがって乗っていると、鞍の木部が、人による傷の痛みを和らげてくれる。手にはむちと手綱を持ち、鼻からは故郷の空気を甘く吸いこんだ。狩猟地の匂い、馬の汗と生温かい馬具、一緒くたに踏みしだかれた新しい葉と古い葉の入り混じった匂い、角らっぱの呼び声、彼女の体の下、腿の間、指の先にある馬の生命——これらすべての匂いのするブリタニアの朝が、最後の短い自由時間に、昨夜の記憶とあらがって、彼女の処女膜をいやしてくれるように思われた。

獲物は種々雑多だった——二頭の灰色の雄豚がかぎ出され、追いまわされ、追いつめられて槍投手の前に倒れたかと思うと、次には淡黄褐色の鹿を猟犬たちが何度か見失いそうになりながら気長に追いかけ、ついにお互いに全力疾走にはいり、鹿は何もないトウモロコシ畑で倒れて死に、午後にはいって、この地方では珍しい赤い鹿が一頭——四歳のさかりで、どこと言って申し分ない見事な成熟ぶりの——大きな半円を描いて海へ走ってきて、猟犬のいる水際の砂利浜の上で倒れた。

獲物が殺されたとき猟師のそばにいたのはヘレナだけだった。他のローマ人の付き人たちはあたりに姿がなく、忘れられていた。乗馬の一隊は日没の中を家路に向かった。二匹の猟犬はびっこを引いていたが、ピュラデスは元気よく自分の厩に急いだ。懐かしい暮色の野原を揺すられていく間にヘレナの朝の陽気な気分はすっかり消えてしまった。町に帰り着いたのはもう夜だった。

その夜、ヘレナは父に言った。「もうあたしのお勉強は終わりなのでしょう?」

「そうじゃ」とコエルが答えた。「終わりだ。」

「ではマルシァスはこれからどうなりますの？」

かすかに優しい表情が王の額に浮かんだ。「マルシァス？」と王は言った。「マルシァスか。わしはマルシァスが気に入っておる。利口なやつじゃ。女の子の家庭教師などで時を浪費させた。」

「前によくおっしゃったことがおありでしたでしょ、お父さま。あたしのお勉強が終わったら彼を自由にしてやるのだって。」

「そうだったかな？　そのようなことを申したかな？　それほどはっきりは言わなかったように思うがな。それに、これほど早くそなたの勉強が終わってしまうとは考えてもみなかったしな。マルシァスにはまだ仕事がうんと残っておる。」

「彼はアレクサンドリアへ行きたがっているようですけど、お父さま。」

「確かに、そうじゃ。しかし彼にとって決してよいことにはならん。アレクサンドリアのことはよく聞いておる――恐ろしい場所じゃ。詭弁家と審美家がおるだけじゃ。わしはマルシァスが好きじゃ。あれに対しては責任を取らねばならぬ。手元にひき留めておきたいところだが、わしとぴったり気が合うというでもなし。」

「では、あたしにくださいませんか、お父さま？」

「いや、考えてもごらん、彼は駐屯都市へ行っては全く場違いじゃよ。ガリアでだったら、きっといい値がつく。見ておいで、きっとそうだから。」

第三章　敵おいてわが先達なし

コンスタンティウス・クロルスは船旅に弱かった。それで船底で軍用マントにくるまって寝ていたが、ヘレナは夜通し甲板を歩きまわり、水のしたたる帆布の上から星が新たに視界に現れ、煌々と輝き、消えていったり、また新しく現れ出たりするのを見ていた。そのうちついに空全体が薄明るくなり、アーチ型の火の線が現れ、やがて太陽がそっくり水の上に顔を出すと昼間になった。水夫たちがせわしなく帆布と取り組むのをながめてから、そばへ話しかけに寄っていき、手を貸し、彼らと混じって水夫部屋の火鉢を囲んで座り、焼き魚を分け合った。「こんな風だったのかしら？」彼女は海水のバケツでうろこのついた指を洗い、ひざの上で乾かしながら思った。「こんな風だったのかしら、パリスが盗み出した王妃をイリウム[1]へ連れていったときも？」

正午に陸地が視界にはいった。じきにヘレナは外国の港のきらやかな要塞と、水際にもやのようにたちこめる煙を見ることができた。と思う間に、それらは水路標識と船と一線になり、船は索具のきしりだけを残して突然静かになって港の穏やかな水の上に滑りこん

1 トロイの古代名

だ。突堤より一声たのもしい声が聞こえて船を導き、停泊地に誘導した。水夫たちが帆をたたみ、錨をおろすと物売り船が船べりに群がる。船のマストは午後の太陽を浴びてゆったりと錨に身を任せ、停泊する船の森の一部となった。

コンスタンティウス・クロルスは甲板に出てきて心得顔に太陽を見た。「とうとうブーローニュか。はるばるやって来たものだ。ここにあるのはカラウシウスの艦隊にちがいない。イギリス海峡一速い船だ。海賊船も手が出せないとか。今宵もしカラウシウスが町におるならば一目会いたいものだ。」

「あたくしどももそのお方のことをお話しておりましたの。ベンは、彼ならいつなりと好きなときに全ブリタニアを手中に収めることができると申しておりましたわ。」

「して、その目ききのベンとは、一体だれだ?」

「ベンは水夫長ですわ。彼はイギリス海峡を制する者がブリタニアを制すと言っていますす。三人の息子がいて、みんな海に出ているそうですわ。」

「ヘレナ、いいかげんな友だちをつかまえて世間話をしてくれては困るな。」

「どうしていけませんの? いつもしていますのに。」

「うむ、一つには、わしがどこの生まれで、そなたがどこの出であるかを人に知られたくない。」

「あたくしがどこの生まれか知らぬ人はございませんことよ。」

「いや、ヘレナ、この土地ではない。まだラインを渡ってもいない。そのうち言っておこうと思っていた。ラインを渡ってスワビア[2]にはいったら、ガリアとかブリタニアという言葉は口にしてはならぬ。何びとにも今回のわしの旅程を知らせてはならぬ。わかったな?」

「でもあたくしどもはローマへ行くのでは?」

「まだ……。」

「でもあなたは……。」

「まだだというのだ。時はいつか来る。そうしたらローマへも行こう。しかしまだだ。」

「ではいまはどこへ参るのですか?」

「そなたはニシュへ行くのだ。」

その言葉は不活発に重苦しく、漠とした形でふたりの間に残った。

「ニシュ?」

「もちろんニシュのことは聞いたことがあるであろう?」

2　現在のドイツ南西部地方、シュヴァーベンのこと

「いいえ、コンスタンティウス、聞いたことなどありませんわ。」

「伯父クラウディウスがゴート族と大決戦をした土地だ。」

「はい。」

「そして最も輝かしい勝利を得た土地でもある――五年もたっていない。」

「そこへあたくしが行くとおっしゃるのですね。あなたはおいでにならないで?」

「じきに参る。その前に別のところに所用がある、そなたはニシュにおる方がよい。」

「遠いところですか?」

「一か月かあるいは六週間になるかもしれない。急使は二週間でやってのけたこともある。しかしそれは飛脚の宿場がよく整っていて、帝国一の馬をそろえて二十マイルごとに元気いっぱいのものに乗り換えることができ、夜も道路が安全だった昔の話だ。いまでは事情が変わってしまっている。近いうちに整理をつけねばならぬことが一つある。だが一月もあればなんとかなろう。あるいはそなたはラティスボンで待っておって、あとからわれわれと一緒になってもよい。一日二日のうちには、もう少し詳しいことがわかろう。」

「それで――そのニシュはローマから遠いのですか?」

「ローマへ行く途中だ」とコンスタンティウスが言った。「直線コースではないが。どうせまっすぐローマへ行けるものではない。」

「でもすべての道はローマに続いていると申しますわ。」

「わしの道は、ニシュ経由でだ。」

伍長が復命に来た。コンスタンティウスがヘレナのそばから離れていったので、彼女は、前方に歩いていって舷檣《げんしょう》にもたれてあたりの風景を調べた。昨日生まれ故郷の海岸を最後に一目こうやって見たとき見たものとひどくよく似ている。水際の居酒屋、倉庫、その後ろにひしめいている煙たいあばら屋、切り石積みの壁をめぐらせた要塞と、何よりも高くそびえる円柱形の寺院。すべてが異国のものでありながら、彼女の新しい生活の門戸である。あまりにもなめらかに舗装され、あまりにもまっすぐで、あまりにも迂回しているこの道の出発点は、この先ニシュへ、そしてローマへ、それからそのあとどこへ続いているのだろうか?


早旅だった。夜明け前に馬にまたがり、昼食は道端に陣を張り、どこでも暗くなったところで、一番近い宿場を見つけて眠った。コンスタンティウスは町を避けた。シャロンに着いた日の夕方は、城壁の外側の粗末な一軒の宿を取って一夜を過ごしたが、町じゅうがまだ眠っている夜明け時にはもう橋を駆け足で渡っていた。ストラスブールの辺境の城にはコンスタンティウスの第八軍団の友人たちがいる。それで一行は指令官宿舎に泊ったがヘレナは早くにベッドに退かされ、コンスタンティウスは夜通ししらふでしゃべり続けた。翌朝、彼の顔はいつにも増して青ざめ、疲労にゆがんでいた。ラインを越してしまうまではほとんど口もきかなかった。だがそこへ来ると彼のこわばったムードが突然にほぐれた。その変化が兵たちに伝わり、人を通じて馬にも伝わって、一行は日差しの中を気楽に、楽しくと言ってよいくらいのんびり揺られて進んだ。騎兵たちはみだらな小歌を口ずさんだりしながら早くに馬を止めてサドルを外し、両足を縛って草を食ませ、焚き火の火が風のない空にまっすぐ昇っていくのを見ながら、長々と寝そべった。

「ラティスボンまではそなたと一緒に行こう」とコンスタンティウスが言った。「時間はある。そのあとまたシャロンにもどらねばならない。そこに所用がある。」

「長くかかりますの?」

「そう長くはあるまい。すべて用意ができておるから。」

「どんなお仕事ですの?」

「整理のようなことだ。」

ラティスボンへの道路はスワビアの城壁に沿っていた。城壁といっても粗末な溝に杭の柵、時おり丸太棒でできた防塞があるだけ。

「ブリタニアの城壁は石でしたわ。」

「これもいつかは石になろう。プランはとうの昔にできているのだから。ただ先にしなくてはならぬことが次から次へと起こって後回しにされているだけなのだ。ここで襲撃があったの、あっちで暴動があったの、奴隷引受人の収賄行為だ、指揮官が高齢過ぎてその任を全うできないなど、年じゅう緊急に処理しなくてはならない事件が山積しておって、人も金も急ぎでないものには決して使えないようになっている。ときどきわしは、この帝国は航海に適さない船にそっくりだと思うことがある。どこか一か所がひび割れて水がもれするから、そこに詰めものをし、あかを汲み出して、いざ出帆というところへくると、また別のところから水が噴き上がってくる。」

というわけで、番所の馬が鞍ずれして、痩せ衰え、衛兵がむさくるしい格好で現れたりした日はひどく気落ちがしたし、泊り合わせた道連れがひどい愚痴屋だとか情報通で、上層部に関する醜い不敬な話ばかりを持ち出すのにかかわり合ったりした日には不愉快だったが、概して、コンスタンティウスの士気はそこの軍管区に深く乗り入れれば入れるほどに高揚した。いまや旅程も楽な段階を迎え、午後には早目にサドルを外して、それぞれの地域司令部に、きちょうめんに報告を行い、会う人全員と長く、気安く言葉を交わした。

ヘレナにとってはこの朝から晩まで変わることのない風景は興味の示しようもないものであった。舗装をしたハイウェイの片側にはぶどうとトウモロコシと宿営地が広がり、反対側は、代々の境界線争いの末、ほったらかされて耕されない荒地、焼け野原が見渡すかぎりに続き、トウモロコシ一つ育っていない。ところどころに掘り割りと塁壁があるだけだ。だがコンスタンティウスはきげんがよかった。衛兵所の用地、給水と食料補給問題、駐屯地の諸設備――ここに闘技場、あそこに大まかなスポーツ・スタジアムを、賭博場と居酒屋設置の可否はどうか、連隊の神々の神殿はどうしよう、会食中のうわさ話に昇進、老年退役はどう語られているか、新しい訓練方法、古い兵器の寿命延長のコツ、軍需集積場から新しく配給を取りつけるコツは、など――これらすべての話題がコンスタンティウスを興奮させ、感激に導いたが、ヘレナにはなんの感動も与えなかった。一定の間隔で、均一の設備を持って出てくる厩にも飽き飽きしはじめた。ただほんのときどき道端で、物々交換が目的で境界線を乗越えてやって来た横柄な裸のゲルマン人の一団が近寄ってくることがある。それから一息入れたときに会話が狼や熊に及ぶことがあって、そんなときだけ、ヘレナの興味は首をもたげた。一度彼女はこう質問した。「城壁って、なくてはならないものですの、クロルス?」

「どういう意味だな?」

「別に。」

「わしはセンチメンタルな人間ではない」とコンスタンティウスは言った。「しかし城壁を愛する。考えてもみよ、何マイルも何マイルも、雪から砂漠の地まで、文明の世界を取り巻く巨大な一本の帯ではないか。内側には平和と、品位と、法と、神々の祭壇、産業、芸術、秩序がある。そして外側には野獣と野蛮人、森と沼、血なまぐさい迷信崇拝、狼の群れのごとき人間どもがいる。城壁には帝国の武装したつわものが不寝番で境界を守っている。都とはどういうものか、それでわかるだろう?」

「はい」とヘレナは言った。「そのような気がいたします。」

「では、どういう意味なのだ。城壁がなくてはいかんかと言ったのは?」

「別に。ただときどきローマは城壁の外に広がることはないのかしらと考えます。現在の荒地の中までもと。ゲルマニアを越え、エチオピアを越え、ピクトを越え、海の向こうのもっともっとたくさんの人々のところまでのびて、あなたもその人々の間を旅されて、また都へもどってこられたらよろしいのに。野蛮人に襲撃されるのではなくて、都の方がいつの日かに襲撃をかけては?」

「ヴェルギリウスを読んだな。それは神帝アウグストゥスの時代に人々が考えたことだ。だがくだらんことだ。おりに触れてわが帝国は少しずつ東方に手をのばし、一地方か二地方ずつを手に入れてきた。だがそううまくいくものではない。事実ごく最近ではドナウの左岸全域を始末する必要に迫られた。ゴート族どもは喜び、おかげで苦労が大分減った。現在の城壁のあるところが人類の自然の境界線のように思われるのだ。その先にいるのは到底手に負えない野蛮人どもばかりだ。万全を尽くして現在の線を守ることが大切であろう。」

「そのような意味で申したのではありません。城壁だけが世界の果て、全人類の限界ではないのではなかろうか、文明人も野蛮人も都をともに享受することはできなかろうか、という意味で申したのです。愚かなことでございましたかしら。」

「さよう。」

「はい、かもしれません。」

やっと一行はラティスボンに着いた。ヘレナがこれまで見た最大の町であった。一行は総督官舎に泊ったが、これもヘレナがこれまではいった最大の建物だった。

「そなたをここに一、二週おいておかねばならぬ」とコンスタンティウスは言った。「よく面倒をみてもらえよう。」

面倒をみるのは総督の妻でイタリアはミラノ出身、ヘレナより頭一つほど背の高い貴族的な婦人であった。彼女は親切そうにヘレナに挨拶した。

「コンスタンティウスは親友ですわ」と彼女は言った。「あなたにもわたくしどもの親友におなりいただきたいですわ。何かお召し物が必要ですことね」と彼女は言った。「お髪とお爪のお手入れもおさせにならなくては。コンスタンティウスが花嫁のお世話の仕方などまるで考えないのはよくわかりましてよ。」

というわけで下男がひとり、第一日目の朝、マーケットに走らされ、半ダースほどの品物と、奴隷を一列連れてもどってくると、応接間はたちどころにがらくたやリボンを広げたバザールのようになり、将官の妻たちがヘレナの身ごしらえに一役買おうと集まってきた。

一同がヘレナの部屋に座っている間に床屋が、彼女の髪を、まれにみる美しさだとほめちぎりながら手入れをした。やがて髪は床屋の手の下でふくらみ、波うち、いつの間にか異国的な型になっていった。

「おや、爪をおかみになるのですね。」

「ええ、このごろつい。家にいるころは、かんだことはありませんでしたのに。」

だれも彼女がどこから来たか尋ねなかったし、ヘレナもまたコンスタンティウスに言われた通り適当な機会が来るまではと口をつぐんでいた。

「どうやらこれで人前に出られるようになりそうね。」

夫人たちが夕食後集まったとき総督の妻が言ったが、ヘレナは子犬に気を取られていて聞こえないらしかった。

「そうね。コンスタンティウスはどこでこの女《ひと》を見つけてきたのでしょうね?」

そう言った婦人はそれはそれは昔に結婚していて、だれもその出身地について知る者はいない存在だった。「軍人の奥さんには決して出身地を尋ねないのがよいと思いますよ」と総督夫人が言った。「結婚してそれでうまくやっていければそれで充分なのですもの。若い兵士たちはときに何年間もとんでもない土地にやらされて、窮屈な暮らしをするのですもの――自分たちと同じ階級の娘と出会うチャンスもなしに。少々変わった結婚をしても、とがめるわけにはいきませんよ。広い心で手を貸してあげるようにしなくては。」

夜、コンスタンティウスとふたりだけになったときヘレナが尋ねた。「クロルス、あたくしがだれかをみなに話してくださったらいいのに。」

「だれなのだ?」

「コエルの娘。」

「そんなことを言ってもだれも感心せんよ」とコンスタンティウスは言った。「そなたはわしの妻だ。みなはそれだけ知っていれば済む。ところでその髪はどうした?」

「あたくしではありません。ギリシャ人の床屋です。総督の奥さまがやらせましたの。お好きではなくて?」

「あまり。」

「あたくしもよ、クロルス。あたくしもいやなの。」

コンスタンティウスの出発の日の前夜、彼の昔の知り合いであるモエシアの役人が何人か総督官舎で食事をともにし、食後、コンスタンティウスの宿舎についてきた。ヘレナは先にベッドにひき取ったが、隣の書斎では彼らが夜遅くまで、あるときはラテン語で、あるときは自国語でうわさ話や思い出話をするのを聞いた。ときどきまどろんでは目を覚ますとまだしゃべっている。いまはラテン語だった。

「ガリアのあらゆる地方を回ってきたと聞いた。」

「いや、いや。ほんの視察旅行でスワビアの城壁まで行っただけだ。」

「ほう。しかし明らかにブリトンの女性を連れてきたのではないか。」

「そのような者ではない」とコンスタンティウスの声が言った。「実を言うとだな、あれは昨年の冬、東へ行ったおりペルシャからの帰り道に街道筋の宿屋で拾ったのだ。そのときすぐに連れ帰るわけにいかなかったのでトリーアへ送った。そして今回やっと連れてきたというわけだ。」

「しかしアジア人には見えぬな。」

「ふむ。どこから連れてこられたのかは知らない。とにかくいい女だ。」

それから彼らは自国語でしゃべりはじめヘレナは暗がりで目を覚ましていた。コンスタンティウスが別れを告げてベッドにはいってきたのはおんどりの鳴きはじめるころだった。

やがて彼はさる重要な秘密の任務のために出発し、ヘレナはラティスボンにとどまった。ドナウの畔には麗しく夏が開けた。ヘレナはりっぱ過ぎる建物と多過ぎる従者に囲まれて、元気を失った。ここラティスボンの婦人たちは、カーテンを張りめぐらしたかごに乗ってこちらの道路から向こうの道路へ行くとか、ごくたまに閉めきった馬車でどこか川沿いの別荘に行く以外にはめったに外に出ないものらしかった。しゃべることだけはごく早めに含みのあるラテン語を、ヘレナにではなく彼女たちの間にだけ通じるのではないかと思う風に際限なくしゃべり続け、ヘレナが聞き逃した冗談を際限もなく笑い続けた。総督の妻が泰然自若として抑えつけているラティスボンの婦人たちには二種類があった——情事に関心を寄せる者と、宗教に関心を寄せる者である。ヘレナとても男性の欲望の法則には門外漢ではない。家にいるころ、わずかな家族をさしおいて気まぐれで情熱あふれるきれいどころが、入れ替わり立ち替わり父を取り巻いているのを見た。また古代の詩の中でも、ありとあらゆる狂った欲望の変型、近親相姦、禁じられた口吻《くちづけ》、金銭づくの求愛、白鳥と雄牛、などを読んだことがある。だがここの柱廊の下でささやき交わされる内緒話は、彼女自身の堅固にして傷つけられた情熱とは、何も関係がないもののように思われた。宗教もまた彼女を面食らわした。故郷では神々はそれぞれの季節ごとに崇められた。

ヘレナも来る年ごとに、家族と国民の祭壇に立って敬虔に心ゆくまで祈りを捧げ、いけにえを供えてめぐりくる春を迎え、死の威力をなだめんとし、太陽と大地と豊作をもたらす種子をたたえて祈った。だがラティスボンの婦人たちのしゃべる宗教とは、秘密集会、合い言葉、秘義の伝授で、恍惚と異常な感動、薄暗くした部屋の中をうろつきまわるアジアの男の話、不可解な声、室《むろ》に素っ裸で立っていると頭上の格子の上で雄牛が血まみれになって殺される話などであった。

「あれはみな、たわごとではありませんこと?」ヘレナは総督の妻に言った。

「うんざりしますね。」

「ええ、でも、たわごとでしょう?」

「尋ねてみようとも思いませんわ。」総督の妻が言った。

ヘレナの孤独な心の中に、この堂々たる婦人に対する尊敬、いや愛情が芽生えた。それでおずおずと自分が王家の両親を持っている秘密、トロイの血筋であることをもらした。コンスタンティウスが言った通り、総督の妻は反応を示さなかった。

「そう、でもそれはもう終わったことね」と彼女はまるでヘレナが過ちを告白したかのように答えた。「コンスタンティウスの妻としてふさわしい方になるようお勉強なさらねばいけませんわ。とても片手間でできることではないことがじきにおわかりになってよ。彼はとても重要な人物ですからね。あなたがそのことをほんとうにわかっていらっしゃるかしらとときどき気になりましてよ。神帝アウレリアヌスも彼の天下の来ることを考えておられます。ブリタニアでは毎日何をしていらっして？」

「教育を受けておりました。詩を読んで、狩りに行って。」

「そう、でもそれはもうできませんことね。貴婦人は狩りはしないものとされていますもの。もっともわたしはスペインに泊っていたときにはときどきいたしましたのよ、そしてお恥ずかしいことながらとても楽しゅうございましたわ。」

「そのお話してくださいな。」

「とんでもない。狩りなどしていては、赤ちゃんができませんよ。」

「もうできたように思いますの」とヘレナが言った。

「それはそうなって当然のことですよ。男の子だといいですね。そしたらまたどんな大人物になるかもしれませんものね。」

この途方もなく大きな環境に置かれながら、この予言ほどにヘレナを脅やかしたものはほかになかった。しかもこの方法で彼女を驚かしたのはひとり総督の妻だけではなかった。顔と頭があまりにも単純なためにラティスボンの宗教的なグループからもスマートなグループからも外されていたある富裕な婦人の場合は一層露骨だった。彼女は最初に会った瞬間からヘレナにあからさまな興味を示した。ある日ヘレナがパーティーに同行するのを拒むとその婦人は言った。「そういう風に冷淡な態度をとるのは賢明だと思うわ。」

「あたくしが?」とヘレナはびっくりして言った。「冷淡?」

「あら、マダム・フラウィウス、少しも悪い意味で言ったのではありませんのよ。でもあなたは人と距離をおいてつき合っていらっしゃるでしょ。それはいいことよ。はじめのうちべったりお友だちづき合いをしておいて、あとになってほうり出すのは大きな間違いですわ。」

「でもほうり出さなくちゃならないことなんてありますかしら? あたくしとてもお友だちが欲しいと思ってますのに。」

「あーら、マダム・フラウィウス。わたしにはわざとらしいことおっしゃらなくてよろしいのよ。あなたがそうやってご自分の立場を守っていられるのをとても感心して見ているのですから。ものすごくりっぱな結婚をなさったのにお気がつかないふりをなさることはないわ。」

「ええ、それは。でもだからってお友だちをほうり出さなくちゃならないかしら？」

「それじゃあ、マダム・フラウィウス、お宅のご主人にいつかこの西国一体の指揮権が与えられるかもしれないという話を聞いてないとでもおっしゃるの？　まさかそんなはずはないでしょ？」

「聞いていませんわ。ほんとうに聞いたこともないわ。まさかそんなこと。」

「でも常識ですわ。ラティスボンの人はみんなそう言ってますわ。」

それでヘレナは、あの自分が部屋にはいっていったときなどにときどき起こる沈黙と、自分が聞いているかどうか見ようというように投げかけられるあの視線は、彼女が思っていたように若さと異国人のゆえにではなく、このいま言われたもっと驚くべき原因によるものであったのだと突然に認識した。

それはちょうど昔コルチェスターのあの隔絶された子供部屋で、眠りに落ちていくのに似ていた――あのはじめてひとりで寝かされた夜以来彼女のものだった低いたるきつきの寝室、あそこでは戸だなに腰かけたまま、反対側の壁にある釘にシャツを投げかけることができたし、着替えをしながら、何度となく部屋の幅と長さを歩いて測ることができた。戸だなから鏡台まで二歩、鏡からドアまで四歩――あそこで壁や天井がとめどなく後ずさりし、自分以外のすべてのものがお化けのように大きくふくれあがり、隅々に黒い影がひそんでいる悪夢を見ているのに似ていた。

昼も夜も暑さのためにしだいにけだるさを増した。ラティスボンの婦人たちはせっせと象牙と羽の扇を使いながらささやき交わし、のぞき見、ヘレナはただコンスタンティウスの帰りを待っていた。

彼はようやく八月の初旬に街路の泥とほこりにまみれ、顔には野営のやつれを浮かべてもどってきた。尊敬と祝意のどよめきが上がった。というのは、彼の帰還に何日も先がけて、彼のシャロンでの決定的な行動ぶり、すなわちガリア軍を滅ぼし、テトリクスを拘禁したという報がもたらされていたからである。コンスタンティウスは勝利については慎重に、アウレリアヌスの統率力については賛辞を惜しまず、自分のなした役割については沈黙を守って帰ってきた。むなしく熟しきった夏の中にいたヘレナは春のごとくに彼を出迎えた。

「すべて計画通りに行った」と彼は言った。「今度はニシュへ向かおう。」

ヘレナの懐妊を知ったコンスタンティウスはそれを案じて、水路を行くことにした。船は堂々たる大型で彫りがあり、塗りがほどこされ、ラティスボンの高級市場で買い整えた家具や食糧がどっしりと積みこまれており、奴隷たちがゆっくりとオールを引いた。いまはもうコンスタンティウスも急いではいなかった。彼とヘレナは黄色い絹布の日よけの下にインドの王子たちのように横たわった。そして日がな一日のんびりと藺の生えた岸が後ろに流れ去るのを見守り、挨拶しに泳ぎ寄ってくる裸のいたずらっ子たちや、あとをつけてきては時おり金箔の船首にちょこんと止まる小鳥に菓子を投げてやった。夜には町を避け、木々の茂る島かげに船をつけて、浜辺に火を焚き、群がり来ては明かりの中で踊り歌う村人たちにごちそうをふるまった。衛兵も舟子もこんな夜は岸辺で眠り、華麗な船はひとりヘレナとコンスタンティウスの新婚の臥所となった。朝になって船を出すと、よく昨夜の客たちが花輪を持ってやって来たが、それは昼になるとみなしおれ、船ばたに投げ捨てたものがゆっくりと船のあとについてニシュへと向かった。

霧と雨の中で芽をふいたヘレナの愛は、新しい生命が体内でひそかに育ちゆくにつれて危うくなり、アメリカリョウブのごとく傷つきやすくなっていたが、このコンスタンティウスの休暇という安らかな日々を得て蜜月が長く続き、ヘレナは愛されている感覚を喜んだ。

グレインで渦巻きにさしかかったとき、ヘレナをおもしろがらせようとして、コンスタンティウスは舵取りに船をまっすぐ、流れに立ちはだかっている渦の方へ向けろと命令した。悠長な奴隷たちはぼんやりしていてこれにひっかかり、船は大きく横ざまにひき回された。一瞬、船上は大騒ぎになり、舵取り、船長、水先案内が互いにわめき合い、漕ぎ手は自由な居眠りから覚めて必死で漕ぎにかかり、ヘレナはコルチェスターで笑っていたときのように大声で晴れやかに笑った。しばしの間船は制御を失い、付近の流木同様に渦に巻きこまれてわけもなくぐるぐる回りをさせられるのではないかと思われたが、やがて調子を取りもどし、方向を正し、渦から離れ、元の航路についた。

やがて陽《ひ》の届かないセムリンの峡谷にさしかかったとき、その絶壁の威圧感からふとラティスボンのムードを思い起こし、ヘレナが尋ねた。

「クロルス、ラティスボンでみんなが言っていることはほんとうですの？　あなたがいまにローマ皇帝になられるってこと。」

「だれがそう言っている?」

「総督の奥さまとか、銀行家の未亡人とか、その他のご婦人たちみんな。」

「ほんとうかもしれん。アウレリアヌスとわしとでそのことを話したことがある。今度の戦争のあとでもまた言っていた。アウレリアヌスはシリアへ行って、あそこの暴動を片付けねばならない。そのあとローマに凱旋する。そうなってからわかるだろう。」

「おなりになりたい?」

「わしがなりたくてなるものではない、馬丁。アウレリアヌスがそれがよいと考えたときそうなるのだ。彼と軍隊と帝国が。なんらおじけをふるうたぐいのものではない、ただ少し大きな範囲を指揮するだけだ――ガリア、ライン、ブリタニア、ひょっとしたらスペインも。ローマ帝国はひとりの男にとっては大き過ぎる。そのことはすでに証明されている。それで安全な後継者が必要なのだ。この仕事に熟練しておる副将というものがな。内情に明るく、一たび統率者が倒れたときにはすぐさまそれにとって代わってその空席が満たせるような。先ごろのようにいざというとき各軍団がそれぞれの将軍を推して、互いに争うようであってはならない。アウレリアヌスは、われわれがローマに着いたら、このことを元老院にはかるだろう。」

「まあ、クロルス、そうなったら、あたくしはどうなりますの?」

「そなたか? それは考えてもみなかったぞ。たいていの女は皇后になろうと目を光らせているのではないかな。」

「あたくしは違います。」

「うむ、わしもそう思う。」彼は穿鑿《せんさく》がましく長いことじろじろと彼女をながめた。ヘレナの髪はいまなおハイカラに高く結い上げられている――この目的だけのためにスミルナの奴隷がひとり同行している。また洋裁師その他の商人が手を尽くして彼女を変えてしまった。彼らの技巧により新しい美しさがひき出され、昔の美しさは姿を隠している。だがこうしてじっと見つめていると、コンスタンティウスは、いまなおブリタニアの魅惑の縁《えにし》を強く感じ、当初の冷静な意図を忘れて魅了され、改めてそこに釘づけになった、あのコエルの不気味な宴会の夜の自分に立ちもどる気がするのだった。

「まだいまのところ何も心配することはないぞ、馬丁」と彼は言った。「アウレリアヌスはまだ何年か健在であろう。」

だが、ややあってから彼女は言った。「戦いのことを話してくださいまし。大きな危険にお遭いになったのでは？　あなたがいらっしゃらない間、あたくしは何も不安を感じませんでしたわ。でも感じるべきでしたかしら？」

「その必要はなかった。すべて前もって準備が整えられておったからな。」

「話してください。」

「あの日は何も手をくだす必要がなかった。テトリクスは手下を連れて馬で走り出てきて降伏したのだ。われわれが要求した場所に軍隊を置いてきた。われわれがしたのは、ただ川の中へはいっていって暇にまかせて敵を分断しただけだ。」

「大勢死にましたの？」

「味方はそれほどでもないが、ガリアの方は驚くほど最後まで戦った。それ以外には敵もどうすることもできなかったのだ。包囲してしまったのだから。」

「そしてテトリクスは？」

「彼は大丈夫だ。掘り出し物は大事にすることになっておるから。」

ヘレナはそれ以上質問しなかった。こうしてひなたでコンスタンティウスがそばにおり、悦に入っているだけで充分だった。だが夜には、金の天蓋が星空に黒く浮かび上がり、河の水がひたひたと船べりをたたき、岸辺の歩哨が焚き火の火に照らされて、行ったり来たりしはじめるころ、コンスタンティウスは堪能しきってヘレナに背を向け、眠りについた。いつもながらに、いたわりも謝意もなく、ぶっきらぼうに、いよいよ高まる彼女の情熱に水をさし、ヘレナはあのラティスボンでひとり孤閨《こけい》におかれたときと同じく隣に置き去りにされた。そのときからやがて後にニシュで木々の葉が落ちつくして、窓下の衛兵が冬の最初の冷たい風に思わず足踏みし、手をこするころにかけて——その不気味な物語が彼女の脳裏にまつわりついて離れなくなった。物心つく前からずっと心にあったあるものが、だめになったのだった。彼女の乳母の父であったかの鬼軍曹の死は犬死だったのだ。そしてその墓は辱めを受けた。それがクロルスの勝利、彼の秘密につながっていた。このたびの彼の旅、あの人目を忍ぶ会見、狐のようにこすからい迂回を繰り返したやり口、嘘と沈黙、背信した軍隊の虐殺、背信者との取り引き。それと彼女自身が彼の二重の戦利品だったのだ。

やがて船はモラヴァの合流点に来て南に折れ、山へ向かって上流に漕いだ。コンスタンティウスは自分の故郷に近づくにつれて、また落ち着きがなくなり、歩きまわったり、何時間も船首に立って見覚えのある陸標を捜したりした。船乗りたちは汚れて汗にまみれ、下士官は横柄になり、ヘレナは孤独感が心にもどってくるのを感じた。

もう一度曲がって本流から次の支流へはいった。両岸に丘がせまりきて、ある日の夕方ついに船はヘレナの新しい住処となるべき町へ着いた。将校、役人、薄汚れた群衆がどやどやと出迎えた。ストラスブールを出て以来、コンスタンティウスは以前つけていた中どころの位階を示す偽りの勲章を外していたが、いま上陸にあたって、彼は自分の指揮権を示す最高のものをありったけ身につけた。出迎えの方の準備もできあがってはいなかった。役人が何人か船上に上がってきて、追従的な話をする間に粗末な埠頭にじゅうたんが敷かれた。儀仗兵《ぎじょうへい》が行進してきた。おそまきながらきらびやかだった、それからかごが一台、さらに遅れてもう一台、しゃちこばった人の列の間にすえられた。そしてそのときはじめてコンスタンティウスはトランペットにこたえながらヘレナを導いて岸に上がった。

暗くなりかけていたし、群衆が押しかけてきて衛兵の間からのぞき見ようとしたから、ヘレナは水際から離れて進んでもまだニシュを充分に見ることができなかった。かごはアーチの下を進んでおり、窓とかごかきの肩越しに、ヘレナは、アーケードのついた通りと、縦溝彫りの柱の基礎と、人の群がる広場と、大型な役所風な像の列をかいま見ることができた。ニンニクを熱したオリーブ油の匂いが山手のやわらかなそよ風にのって鼻をついてくる。やがて彼女は下におろされ、狭い座席から広大な兵舎の舗装広場におり立ち、衛兵にはさまれてぼんやりと階段を上り、すでに煌々と明かりがついている彼女の家にはいった。

「あの人出のことは、あまり気にせんことだ」とコンスタンティウスが言った。

「別になんとも思いませんでした。」

「驚くほど大勢いる——しかし新兵と老兵ばかりなのだ。アウレリアヌスは過去六か月間に、われわれからしぼれるだけしぼり取った。シリアの従軍に備えて、一軍隊を作ろうとして——これと思う者には残らず徴兵をかけた。一万人を越えている。いつか帰すと約束はしたが、ほんとうかどうかだれにもわかりはしない。いまことトリーアの間にあるのは名目上の勢力でしかない。ゴート族が何かしでかしたら、きっとひどい目に遭う。だがそうすぐには出るまい。最近とくと思い知らしてやったからな。明日、時間があったらそなたにクラウディウス伯父の戦場を見せてやろう。」

彼は熱心な説明つきでその戦場をヘレナに見せた。もと軍団が配置されていたが、ゴート族の襲撃で壊滅したという箇所、伯父クラウディウスが巧みに援軍を隠しておき、敵の背後に送りこむのに使ったという峡谷、伯父クラウディウスがおびえた兵士を呼び集めて再び戦場に送り返し、勝利を収めたという山麓、最後に五千人のゴート族が見事に殺されたという大原野。死体の回収は丹念にとり行われたが、その見落とされた骨の間から、踏みにじられたぶどうが再び根をつけて育って、いまではもう摘めるようになっている。

「ぶどうは血で育つのだ」とコンスタンティウスは言った。

彼はまた町のおもだった景勝をも見せた。クラウディウス伯父の像は七・五トンのペテリクス大理石にブロンズの装飾を施したもので、この地方のすべての道路が出会い、ライン地方と黒海へつながる堂々たる街道につながる地点に立っていた。それに比べてやや控え目な記念碑はクインティリウス伯父の胸像で、公衆浴場の〃涼みの間〃にあった。大きな神殿と、フラウィウス家の祭壇、コンスタンティウス本人の計画によって半分できあがった肉市場——彼の不在の間工事が中断されていたものが、いま急ピッチで再開されていた——彼が裁きをくだす裁判所、そのおり彼の座るいす、劇場の彼の席。

コンスタンティウスはニシュのわが家に落ちついた。わが領地にあり、郷土の人々に囲まれて、歯切れのよい彼の言葉づかいにふと地方訛りが顔をのぞかせ、テーブルの作法はしだいに粗雑になり、部下が食事に来て冗談を言ったりすると遠慮会釈なく、だがある種の満足をこめて大声で笑った。

さまざまな親族が周囲の山々から訪ねてきた。ヘレナはその人々のしゃべるでたらめなラテン語にときどきついていけなかった。彼らはいまや隠しおおせなくなった彼女の妊娠を下品な言葉で批評し、どうにかいろいろなお追従を言い終えると肉体的にほっとするのか、きつ過ぎるベルトのバックルをゆるめるかのように母国語に変わるのだった。ヘレナにはひとりとして好ましい相手は見つからなかった。みなおもしろ味のない連中ばかりだった。ある者は祖先伝来の土地で百姓をしていたし、ある者は小規模な独占企業と閑職をいくつかかつないで利益をあげ、ほとんどが魅力ある新しい父姓〝フラウィウス〟を使わねばならぬほどには困っていないようだった。

ぶどうはしぼられ、葉は白くなって落ち、最初の時ならぬ雪が地表に降りついた途端に溶けた。それからもやの濃い二、三週間を経て、山から意地悪い風の吹いてくる、厳しく白い冬が始まった。ヘレナは忍耐づよく育ちゆく重荷を抱え、屋内に身を横たえて、銀行の頭取の図書室から数冊の詩の本を借りてきて読み、ブリタニアと、木々のない森野に響く狩猟らっぱを夢に見た。

第四章　才能に開ける出世

真冬になる前に、東方からニュースが届いた。最初は急使によって手短に公式な戦勝の報がはいり、ややあってから今度は数えきれないほどいる陸軍の従弟のひとりであり、戦場から特別休暇を取ってきた自信満々の若き歩兵百人隊々長から、プラム・ワインを傾けつつかなり詳しく報告された。

「すべて計画通りにいっているよ。アウレリアヌスを信じていい。うちの兵隊はいつもながらたいていの戦争に加わった。」

「ゼノビア[1]には会ったか?」

「一度、遠くから見た。ちょっとした女だねえ。アウレリアヌスも彼女には手柔らかにするのではないかとみんな言っているよ。」

「なぜ?」とコンスタンティウスが尋ねた。

「アウレリアヌスの閉戦の話をしてやろうか。パルミュラをほとんど手つかずに残したのだよ。虐殺もしなかった。略奪もせず。騎兵隊も全く踏み入れない形だ。ただロンギノス

1 シリアのパルミュラの女王

とかいう男を断頭台にのっけたが。」

「だれだ、それは？」

「偉人ロンギノスではありませんの、哲学者の？」とヘレナが尋ねた。

「そのような者ですね。ゼノビアによればその男がすべての悶着の黒幕だとか。だがどうしてです？　その男のことを何かご存じで？」

「はい、以前は。」

「ほほう」と親戚の男は言った。「ずいぶんのインテリを家族に連れてきたらしいね。足元に気をつけねば。」

「なんだって哲学者などを知っているのだ？」とコンスタンティウス・クロルスが尋ねた。

「別にそのような。特にどうということではありません。」

だがこの著書を読んだこととてない遠い国のひとりの老人の死はまた一つヘレナの心の傷となって残った。このロンギノスもまた彼女の若き日、失われた祖国で命を落としたかの工兵軍曹と同じ運命に置かれたのであり、そのことがいま、なぜか悲しくも彼女の勉強に終わりを告げたように思われた。

「凱旋式はどうなっている？」とクロルスが尋ねていた。

「騎兵隊が動けるようになったらすぐにやるはずだ。輸送上の問題だ。きみは行かないのだろうか。功労者は全員集まることになっているはずだが。」

「その話はまだ何も聞いていない。公式には。」

「全陸軍をローマへ連れていくそうだ。そんなことはしない方がいいのだが。うちの連中はあそこへ行ったらだめになってしまう。」

「知らせがないとは不可解だな。」

「うん、だれかがかげで何か工作しているのかもしれないな。それに考えてみると、きみは実際に戦役には加わらなかったわけだしな。」

「うむ。しかし、そうではあるまい。いずれにせよ、アウレリアヌスはわしを必要とするに決まっている。」

　コンスタンティウスはこの訪問のあと何日か陰うつにいらだった。そこへ皇帝の急使が到着し、やっと彼のムードは和らいだ。彼はローマへ行くことになった。はじめての訪問である。

「クロルス、あたくしも一緒に行けたらよいのに。」

「とんでもないことだ。」

「ええ、それは、とんでもないことだとは思います。でもいままでいつも凱旋式を見たいと思っていたのですわ。」

「この先何度でもある」とコンスタンティウスは言った。

「なんでもみんな覚えていてくださいね。どんな細かいこともみんな覚えていて、お帰りになったらあたくしに話してくださいな。」

「アウレリアヌスのことを思うと、ほかに覚えていなくてはならぬことがたくさんある。」

ヘレナはその晩泣き、自分をその生命と力でここに閉じこめてしまう子宮の中の子供を半ば恨んだ。それからコンスタンティウスが少数の護衛とともに雪の中を馳せ去ったときも激しく泣いたが、やがて気を取り直していざという時を待った。

子供は新年に生まれた。コンスタンティウスは、もし女の子だったらコンスタンティア、男の子だったらコンスタンティヌスと名づけるよう命令していった。赤ん坊は男だった。たくましくて、父親の血筋の婦人たちがだれしも気品があり、ハンサムだとほめそやす赤ん坊であった。

ブリタニアの上流階級の婦人は、ガリアやイタリアの流行にならって赤ん坊を乳母に任せるのが普通であったが、イリュリア人は違うとコンスタンティウスの身内が口をそろえてヘレナに進言した。ヘレナは喜んでこの原始的な方法に従い、息子に乳を含ませ、自らあやし、深く愛した。

彼女はコンスタンティウスの帰還を待って日を送った。冬期営舎をはじめ周辺の区域でも同じことをしていた。ほとんどの家族が夫を軍隊に出していたのである。ゴート征伐の老兵の多くは、兵役を終えて除隊とほうびの土地を楽しみにしていたところをまたぞろ東方へ狩り出された者たちだったし、新婚早々の若い兵士もいた。コンスタンティヌスはニシュ周辺の千人に余る父親が見たことのない赤ん坊のひとりであった。

コンスタンティウスは草原が白いプラムの花で覆われる春とともに帰ってきた。急使が一足先に歓迎の命令と息子の安否をきづかう質問を持ってやって来た。群衆が中庭でこの男を取り囲んで、しつこく友人や親戚のニュースを尋ねたが、男は何も答えず、また丘のかなたへと馬を走らせた。駐屯地に何か間違いがあったのではあるまいか、軍隊は再び東方へ連れ去られるのではなかろうか、兵士を一列縦隊になぎ倒すような疫病が発生したのではなかろうかという恐怖のうわさがまき起こった。だがそうしたうわさもヘレナのもとへはひと言も聞こえてこなかった。彼女は赤ん坊の世話をし、ゆりかごに向かって二日後には父親が帰ってくると繰り返した。

いよいよその日がくると彼女は花咲ける果樹園とぶどう園の間を縫って馬を走らせてコンスタンティウスを出迎え、五マイル先の道路で彼と出会い、踵を返して彼により添って家まで帰った。ふたりでコンスタンティヌスのことを語り合ったがやがて彼は黙りこんだ。ふたりの後ろにやはり口をつぐんだ、ドナウの軍隊の先鋒が従っていた。

「何か悪いことがありましたの?」ヘレナが尋ねた。

「うむ。不幸な出来事だ。致命的なことではない。兵士なら覚悟せねばならぬことだ。」

「話して。」

「あとで。」

そして彼らは黙したままニシュへ帰り着いた。

そのニュースは、ただニュースだけでなく、百ものでたらめな尾ひれがついて町じゅうに広まった。誤ったうわさを修正するため、コンスタンティウスは声明書を出した。真相もまた充分深刻なものであった。半ば拗ね、半ばバルカン式の哀しみの表現から、町の人々は街頭を飾っていた華やかなアーチをひっこ抜き、喪に服した。その夜、ヘレナとふたりだけになったとき、コンスタンティウスははじめて己が悲嘆を彼女に明かした。

「最高の騎兵が七千人、伯父クラウディウスと一緒に戦った兵士たちだ。骨の髄からこの地方の人間であるのに、大道で切り裂かれた。都の大道で……造幣局で地方の悲しみを聞き、町人は口論を耳にし……自分の体重の三倍もあるゴートやシリアと戦ってきた男たちが縄をかけられ、スラム街で奴隷の群れややじ馬に殺された……。」

この陰惨な物語は少しずつ明らかになった。凱旋式のあと規律がゆるみ、兵士たちは楽しげに市場へくり出して土産物を買いあさり、見物をし、酒場や浴場で自慢話をした。そこへ突然町の半分もあろうかと思う一揆が彼らを襲ったのだった……「背後に何があるのか？　単なる暴徒ではあるまい。武装しており、鍛えられておった。金の後ろ盾がある。何が目的か？　何やらわれわれの知らぬものが地下にあり、着々計画されて……ユダヤ人だと言う者もおる。ローマにはいたるところに秘密組織がある。話していても相手がだれであるのか油断ができぬ。夕食の際、隣にいる者が組織のひとりであるかもしれぬ。あらゆる階級が加わっておる。女もいる。奴隷も、宦官も、元老院議員も。みなで帝国を滅ぼそうとたくらんでおる。理由は神のみぞ知る。アウレリアヌスはキリスト教徒ではないかというが……どれとして決め手になるものはない。」

彼がヘレナにこのことを話したのは彼女がただひとりの話相手だったからであって、恥辱と困惑を感じながらも彼はヘレナに慰めを求めることはしなかった。いまや希望にあふれてニシュから馬を乗り出した彼とは別の人になっていた。何日か過ぎて旅の疲れが去り、あの損失から受けた当初の衝撃が薄らいで、彼が再びまじめに自信をもって昇進の機会を狙うようになっても、ヘレナにとってはやはり別人であった。赤ん坊を世話する彼女のそばに立つときも、彼女の寝床に入ってきたときも、同じく別人であった。世界の宝のすべてが流れていってそこで浪費されるローマは、コンスタンティウスをも奪ってしまったのだった。彼の持っていたかぎりの若さはいまや乾ききってしまった。愛はどんな形であろうと冷たく変わり、ヘレナがかつてのぞき見、追い求め、ときには楽しんだ大きな木陰のような彼は永久に消えてなくなった。彼は礼儀をわきまえない男であった。その小さく冷えた魂を覆うに、優しさというベールも持ち合わせなかった。ヘレナはこれらの事実を彼の帰還した当初に見抜き、容認した。そして子供時代しばしば賞賛の的とされた――当時はばかばかしいと思ったものだったが――スパルタ人[2]のごとくに、歯ぎしりする老獪《ろうかい》なる狐を五臓に受けとめてしっかりとかくまった。

　だがふたりだけの夜を重ねるにつれて、ローマの出来事のこびりついた彼の心が揺さぶ

2　狐を腹に入れてもじっと耐えた忍耐づよいスパルタ人の故事に基づく

られて、彼はおもむろにその話をした。

「あの凱旋式は到底忘れることのできないものだ。到底想像もつかなかったものだ。」

「象は？」

「二十頭と虎が四頭。アウレリアヌスの戦車は四頭の雄鹿が引いた。ダチョウ、キリン、そのほか名も知らず、これまで見たこともない動物がいた。ゼノビアは宝石の重みで一度四つんばいにひざまずいた……テトリクスはからし色の乗馬ズボンをはいてまるで自分の凱旋式のようにうれしそうな顔をしていた……一万六千人の剣闘士。そなたはそのようなものは見たことがないであろうな。」

「はい」とヘレナは言った。「もちろん。」

「毎夜、宴会があった。高位の元老院議員が次々に自分の宮廷を解放した。妙な連中だ。中のひとりはペルシャのハーレムのためにこしらえた機械仕掛けの玩具を集めておった。それが、しゃべることは半分もわかりはしない。わしはときどき彼らがわれわれをパレードの動物の一部としてもてなしてくれているのではないかという気がしてしまった。だがそれにしても驚くばかりの晩餐だった。あらゆるものが、何か別のものに似せて作られているのだ。砂糖で作ったヤマウズラ、挽肉の桃、何を食べているのやらわからなくなる……。

また規模の大きいこと！　どこか丘の上に立って見渡しても、見えるものは屋根ばかりだ。六階から七階建ての大きな住宅が並び、純粋のイタリア人はほとんどおらず、この世のありとあらゆる色の民族がいる、だれが見ても驚きに値すると思うぞ。」

そして最後には会話は必然的に本筋、すなわち、コンスタンティウスの出世の話にもどってきた……「最初の一か月間はアウレリアヌスにはほとんど会えなかった。ずっとプロブスとばかり一緒だった。東方で運をつかんだ新人だ。わしはこの男がわしを避けようとしているのではないかと思いはじめた。やがて凱旋式が全部終わったあと、アウレリアヌスはわしを呼び、長々と話をした。すべてうまくいきそうだ。彼は偉大な人物だ。トラヤヌス皇帝の再来だ。彼はさまざまな反対を抑えにかかっている――元老院が反抗的になって、われわれイリュリア人が勢力を握り過ぎると主張しておる。それと東方の軍隊がわしを知らぬなどと申しておるそうだ。わしはいまにもアウレリアヌスが、だからして気持ちを変えたと言いだすのではないかと思ったほどだ。だがこう言った。『かく申したのは、そちの仕事が容易でなかろうことをわかってもらうためじゃ』と。昔ながらの穏やかで親切な口調以外の何ものでもなかった。彼はすでにわしを任命するという声明文と、キリスト教徒を非合法化するという草案を書かせていた。ところが、なんと、そのとき、彼の庭に雷が落ちたのだ。彼は奇妙な迷信家だ。大勢の運勢見に相談を持ちかけ、署名は延期した。そこへもってきて、例の恐るべき一揆だ。そのあと彼は急にペルシャへ行くと言いだした。ヴァレリアヌスの遺骸を受け取りにいくのが目的だと言ったが、ほんとうは軍隊が怖かったのだ。暴動に対抗して軍隊が動きだすのを抑えておかねばならなかったのだ。わしは彼と一緒に行きたいと願った。何度も面会の機を狙った。だが出発の直前になって彼はわしに伝言をよこした。ニシュへ帰って待てというのだった。わしのことは忘れてはいない。ただもう少し待っておれというのだった。今度はそう長くは待たせまいとな。」

だが神帝アウレリアヌスはついに帰らなかった。出発したかしないうちにボスポラスの浜で参謀に殺されたのだった。事件のニュースはすぐさまニシュに届き、親族同様の幅広い悲嘆をもって受け取られた。コンスタンティウスは唖然とし、身動きもしなかった。全陸軍が一時的にその自信に動揺の色を見せた。将軍で名のり出る者はなかった。来る月も来る月も帝国は皇帝をいただかず、不活発に過ぎた。やがて元老院は仲間のうちから欠点のない年長の貴族をひとり選び出した。抗議はなかったが本人が拒絶した。本人はそれが何を意味するかを知っていた。

数か月が過ぎて、あるイリュリア人が再び王位を占めた。今度はプロブスだった。コンスタンティウスはわずかな昇進の歩みを進めつつ忍耐づよく彼に仕え、ややあってダルマティアの総督となったが、一方では彼のライバルであるカルス、ディオクレティアヌス、マクシミアヌス、ガレリウスらがねたましげに王座のまわりに群がっていた。

一家がダルマティアに移ったのは、コンスタンティヌスがちょうど三歳になったときだった。ときには彼は一時間もヘレナのサドルの前にまたがっていたが、そのほかのときは特別に彼のためにこしらえた、毛皮でくるまれた、馬のひっぱるかごの中で過ごした。長い時間よく眠り、過ぎゆく景色をものも言わず興味深げにながめて、めったに不平を言わなかった。雪のために一行は回り道をしてドナウからサヴァに出て、ゆるやかな北側の山道を通って山越えをすることにした。高い行き止まりのリカ平地にさしかかったときは、キャラバンを追加注文して荷物を扱いにくい軍用荷馬車から軽くて車輪の大きいこの地方の荷車に移し、数人のガイドと乗馬従者、地域の道案内の一団を先に立てて道を進んだ。

ヘレナは哀惜なくニシュを出、希望なく旅を進めていた。彼女のためにソリが用意されていたが、彼女は馬の方を好んだ。来る日も来る日も、一行は白い地表にできた褐色の轍《わだち》の跡をたどった。山道をくだり終えたとき、周囲の農場からソリが集められた。荷車が荷物を頂上に置き去りにして空っぽでくだってきてしまったというので、馬がそれを取りに逆もどりさせられ、一台のソリに八個を積み、十二人の人間が両わき、後ろ、馬の首に付き添い、押したり引いたりわめいたりしながら運んでどうやら全部の荷物が届いた。するとコンスタンティウスはすぐにキャンプをたたみ、松明で朝食をしてサドルをつけ、灰色の曙光《しょこう》の中を出発して彼の新しい統治権の最初の町をめざしてまた日がな一日乗り続けるのだった。

その日の乗馬旅行はヘレナに思いがけず、長いこと彼女が求めることを忘れていた喜びをもたらした。午前中はずっと登りだった。荷馬車の列が道を露出させておいてくれるので、馬はがっしり勇敢な足どりをとった。道は松林の中をジグザグに曲がり、その朝も吹いていた厳しい風は氷のようだった。枝という枝には鍾乳石のようなつららが下がり、それが朝の太陽の中でふるえながら輝いている。どのつららもまばゆいガラスの管のようで、ヘレナが傍らの茂みにむちを振ると、一本一本葉脈のあるさくさくとした緑の葉とそっくりの氷の葉が、光りながら雨のように散った。太陽は彼らとともに山に上り、やがて昼を過ぎたころ、一行は峠の頂上に着き、コンスタンティウスが手綱をひき締めて荷物を積んだ車を調べた。ヘレナは石灰の尖岩のところまで進んでいき、ただひとり、驚くべき広大な眺望をわがものにした。

氷は突然になくなっていた。六歩にして彼女はあの音と匂いの失われた月界の冬から出たのだった。まわりじゅうで小鳥が歌いさえずっている。木に覆われた山腹は後退して、ここのゆるやかなひな段式の台地にはぶどう園、オリーブ林、果樹園が広がり、はるか眼下の麓には河が一筋、家屋敷と寺院、小さな壁に囲まれた町並みという豊かな景色を縫って流れている。目を上げると正面に陽に照らされてサクラソウ色に光る水があり、紫と灰色の島が一列並んで、その向こうに、まるで冠のように、青く孤を描く海が見えた。かぐわしい森の匂いを通して彼女の鼻孔にはその遠い海辺の塩の香り、彼女の生まれ故郷の香りが漂ってきた。彼女は子供を抱いていた。「ごらんなさいな、コンスタンティヌス」と彼女は叫んだ。「海よ。」すると子供も母親の喜びが通じたらしく、両手をたたいて、意味もなく「ウミ、ウミ」と繰り返した。

いまやみんなの顔にも太陽が当たるようになっていた。一歩くだるごとに、空気は暖かくやわらかくなった。半分くだったところでヘレナは旅の間じゅう着ていた熊の皮のダキア・コートのボタンを外し、朗らかに荷車係の方へほうり投げた。その夜、山道の入り口を守るとりでで一夜を明かしたが、村人たちが手に手に甘いぶどう酒のはいったつぼや、イチジクを砂糖漬けにして何層にも月桂樹の葉をはさんで詰めこんだもののはいったかごを持って挨拶にやって来た。翌日、一行は海に着いた。

総督官舎は入江の畔にあって、ポセイドン[3]に献じられた森のある小島によって大洋から守られていた。官舎としては特別新しい建築様式でもなく、昔イリュリアの王の夏の宮殿として使われたもので、さらにさかのぼればギリシャの海賊の城だったという伝説があった。波型渦巻模様の正面をくぐると、その後ろは丘に沿って登るような形に不定型な一連の中庭とアーケード付きの庭園が続き、そこでは庭師たちがプラクシテレス[4]の時代に彫られた大理石の柱頭や飾り板の上に生え茂ったクレマチスをはらっていた。ここでコンスタンティウスは正しく穏当にその領地を統治した。故郷を追われ、親族から切り離されてこの地にありながら、彼は穏やかな家臣たちの間では威厳として通るような態度を見せていた。そのころ、帝国のあらゆる辺境地は激しい戦いに包まれていたのである。プロブスは砂や沼地をかきわけて僻地を彷徨してまわっては、サルマティア人やイサウリア人、エ

3　ギリシャの海神で地震を起こす力がある

4　紀元前三五〇年ころのギリシャの彫刻家

ジプト人、フランク族、ブルゴーニュ人、バタヴィア人を殺害した。冷酷な幕僚カルス、ディオクレティアヌス、マクシミアヌス、ガレリウスは彼のワシ印の軍旗についてまわって彼を見守り、機会を狙った。コンスタンティウス自身も一、二度辺境の戦争に参加して成功を収めたことがあった。すると勝利のニュースはたちまちにしてダルマティアに届けられ、それにふさわしい公式の祝賀をもって迎えられた。ただこの山と海にはさまれた肥沃で人口稠密《ちゅうみつ》な平野には平和がほほえんでいた。法は守られ、古きよきものが尊ばれ、優雅なじゅうたんが織られ、民家は楽しげに飾られ、甘いぶどう液はよく発酵し、油は石灰岩のたるの中に流れこんだ。コンスタンティヌスは文字を覚え、最初の子馬に乗り、弓や剣を練習した。またコンスタンティウスはドレパヌムから十歳も年上の不身持ち女を連れてきて側妻《そばめ》とし、満足している風だった。

一方、内気のようでいて衝動的で、突然走りだしたり止まったりするヘレナは、まるで子供時代の遊び「グランドマザーズ・ステップ」[5]でもするような具合にして友だちを作った。そのひとりは不穏なローマからこちらへ移ってきた未亡人だが、ヘレナと同じくらい大きな家に住む心優しい婦人で、郷土芸術の奨励者であった。やがてこの婦人にはヘレナは何ごとも心置きなく話をすることができるようになった。

5 走っていって相手をつかまえるゲーム

「変だと思うのよ」と彼女はある日言った。「クロルスがあんな女を連れてくるなんて。ちっとも優しそうではないんですもの。どんなことがあったのか、知りませんけどね。いつもあたくしがもっと年を取ったら、彼は若い人を欲しがるだろうとは覚悟していたの。男って決まってそうですもの。父もそうでした。でもこんなに早く捨てられるとは思わなかったわ。しかもあたくしの二倍もの年の女のためにだなんて。彼ってもともとああいう好みだったのね、あたくしみたいなのではなく。驚いたわ。人ってわからないものだわね……。」

「ヘレナ、あなたはまだ大人になりきっていないのに、ときどきもう人生が終わってしまったようなものの言い方をするのね。」

「ほんとうにそうなの。少なくともあたくしが考えていたような人生は……ヘレネと同じだわ、ほらあのトロイの陥落の。」

「まあ、あなたったら、当節では人は何度も何度も結婚できるのよ。」

「あたくしはだめ」とヘレナは言った。「いまはコンスタンティヌスがいるし、そのうち大きくなるころには、すべて手遅れだわ。思っていたよりずっと早かったわ。」

「わたしがローマを出たのは二十年も前よ」とヘレナの友人は言った。「昔の友だちにはそれ以来まるで会っていないの。孫たちの名まえさえも覚えていないわ。ローマではみんなわたしのことを死んだと思っているのではないかと思うわ。でもここにこうして元気で朗らかで一日じゅう忙しく、だれをも傷つけず、ときには人のためになることさえして、海べりに素晴らしい庭園とブロンズのコレクションを持って暮らしているのだわ。これを完全な人生とは呼べなくて?」

「そうね、カルプルニア、どうかしら」とヘレナは言った。

そのうちだれの記憶にとってもはじめての平和が帝国に訪れた。辺境という辺境にある野蛮人たちが暴動をやめておとなしくなった。はじめて復興のきざしが見えはじめた。プロブスが文明世界の救世主であった。彼はその全勢力を平和の課題に向けた。シルミウムの沼地で一大事業が動きだした。かつて戦功を得た献身的な老兵たちによる排水、開発、移住の事業で、プロブス自らが指揮をとった。ある生暖かい日、人々は疲れて皇帝を塔の上に追いつめ、てっぺんで殺害した。

この出来事のニュースがサロナに届くと、ヘレナは言った。「これでたな上げされているクロルスも多少気が晴れるでしょうよ。」

「たな上げ?」

「ええ、そうですとも、いまではもうだれしも彼のことを忘れてしまっていますわ。」

だがそれは必ずしも真実ではなかった。新皇帝はカルスであったが、ペルシャ攻撃を決心し、出帆前にアドリア海を渡ってコンスタンティウスを訪れ、長時間、大学式の正確なラテン語をしゃべった。皇帝は禿げで皮のように堅固な老兵だが紳士であった。

「予はそちの大伯父クラウディウスに仕えた」と彼は言った。「予に最初の指揮権を与えてくれた人物だ。またアウレリアヌスをもよく知っておる。そちに絶大なる信頼を寄せておった。クラウディウスもアウレリアヌスもみな偉大な人物であった。現在の軍隊にはあのような人物はもういないように思われる。どういうわけかあのての英雄は六十年前にいなくなったようだ。若い者ども——ガレリウス、ディオクレティアヌス、ヌメリアヌス——うむ、彼らがどういう連中であるかはそちもよう知っておろう。予には我慢できぬ。わがカリヌスを知っておるか? 予はときどき、彼は頭がおかしいのではないかと疑う。ところでわしのしたことを、わかってくれるか? カリヌスをローマに配したのは単にあれ以上ましな人材が見つからなかったからだ。まさにそういう実情だ。もちろんうまくはいっていない。そちも聞き及んでいると思うが。」

コンスタンティウスは丁重に、そのうわさは聞いたが信じていないと答えた。

「なんと言われておるか知らんが、真相はもっとひどいのだ。売春業者のごとき執政官と、清掃人夫のごとき総督をかかえ、本職の署名贋造《がんぞう》者まで雇って書簡に署名をさせておる。ローマ市民はそれを気にしているというのでもない。ただおもしろがっているだけだ。だが長く続くことではあるまい。予はペルシャから帰りしだい、事を正す。そのゆえにこそそちを訪れた。そちには西国を与えよう。ここをよく治めておる。行った先々をどこもよく治めてきたからな。この職務に適した人間なのであろう。もしローマであまりゆき過ぎたことがあるとか、予に何か起こった場合には、そちが乗りこんでただちに行動を起こしてもらいたい。そちは信頼できる。」

コンスタンティウス・クロルスはこれを以前にも聞かされたことがあった。だからいま聞いてもさして有頂天にはならなかった。しかし満足した。長上の意見に従っていた長い時代がついにものをいったのだ。彼はこのことをヘレナに話した。ヘレナはいつもより一層意気消沈してこれを聞いた。いまさらどうでもよいことのようにも思われたし、それに、どっちみち、ほんとうではないかもしれなかった。

翌日カルスは軍隊にもどった。

何か月かが経過した。西からも東からもニュースが届き、カルスの着実な前進とたび重なる勝利、カリヌスの恐るべき放蕩が伝えられた。セレウキアとクテシフォンが陥落し、ワシの軍旗はティグリスに掲げられ、そこから河を渡ってまっすぐペルシャに進軍した。カリヌスはダチョウとワニの闘いの舞台を設けていた。

そのとき、また例の体をしびれさせる知らせが届いた。皇帝がテントの中で何者かによって焼死させられたというのであった。晴天の霹靂《へきれき》で原因はだれにもわからなかった。カリヌスとヌメリアヌスの名が各地に布告された。

そしてコンスタンティウスは何もしなかった。

この、運命の星回りに彼は奇妙な無気力状態に陥った。彼は海べりの彼の小さな別荘へ行き、何週間も使いの者を受け入れなかった。妻も側妻もひと言の連絡ももらわず、彼が心中に何を考えているのか解く鍵も持っていなかった。

その隠れ家から彼が出てきたとき、すべてのけりがついていた。ヌメリアヌスは死んでいた。法務長官のアパルも死んだ。広場でディオクレティアヌスに殺され、軍隊はディオクレティアヌスの指揮のもとに帰路に向かっていた。やがてカリヌスも不義をした妻の夫トリブネに刺されて死に、卑賤の身に生まれたディオクレティアヌスが世界を制覇した。

さらに七年の間コンスタンティウスはダルマティアの総督の地位にとどまった。コンスタンティヌスには家庭教師とフェンシングの教師がつき、子供の遊びは厳格な少年時代の訓練に移行していた。彼はのみこみが早く、器量よしで愛情こまやかだった。ヘクトル[6]の死の話を読んで泣いた。「ぼくアキレスを憎むよ、そうじゃない、母さま？　全ギリシャ人を憎むよ。トロイが勝てばよかったのに。」

「そうね、あたしもそう思ってよ。でもパリスはあまりりっぱではなかったのではなくて？」

「さあ、わからない。でもどっちみち自分の欲しいものを手に入れたんでしょ。」

「メネラオスも結局はそうだわね。」

「ぼく考えちゃうんだけど、彼はまだ彼女が欲しかったのだろうかしら、母さま？」

コンスタンティヌスは自分専用の船とお付きの漁師を持っていた。そしてよく一緒に島の向こうの沖まで漕ぎ出しては、朝になって帰り、朝食中の食堂に髪ふり乱し、バラ色の頬をしてしのび入り、ねずみを捕らえた犬のごとく誇らしげに水のしたたるビクを母の目の前にさし出したりした。少年はごくたまに彼の小さな計画がしくじって、ふくれている

6　トロイ最大の勇士

ようなときを除いては父を相手にすることは少なく、そんなときもすぐ母のヘレナのからかうのに耳を貸した。

「あなたは典型的なブリトン人ね。」母が一度言ったことがある。

「父さまにそんなことを言うのを聞かれてはいけないのでしょう。」

「ええ、いけませんね。」

「父さまは、ぼくをイリュリア人で皇帝の血筋だと言われますよ。いつかきっと皇帝になるのだって。」

「そんなことにならなければよいけれど」とヘレナは言った。

「なって欲しくないの？　どうして、母さま？　教えて？　父さまには言わないから。」

「皇帝というものは世界じゅうに敵を持ちます。」

「ふうん、それがどうしたの？　ぼくは全部鎮圧するよ。父さまはそれがぼくの星回りだって言われるよ。」

ヘレナは後にこの会話を友だちに報告した。

「つまり、彼はまだその考えを捨てていないようなの。」

だがコンスタンティウスはもはや心中にあることを何も語らなかった。時おり届く死の便りによってのみ中断される孤独の中にあって、彼は一つの転換期を通過していたのだった。何かが起こっていた。万華鏡をひとひねりしたような内政の激しい動揺と配置替え――ローマでアウレリアヌスの凱旋式の際経験したような――が起こっていた。(彼ら〝フラウィウス〟一族もこの急変の責は免れなかった。なればこそコンスタンティヌスに栄光が訪れるのである。)

コンスタンティウスは、騎馬隊と一緒のときを除いてはひとりで暮らしていた。ヘレナは何日も彼の声を聞かずに過ごした。ほとんど独りぼっちで、例のビテュニア婦人のかごも二度と中庭に姿を現さなかった。ある日コンスタンティヌスが大騒ぎをして釣りから帰ってきた。

「母さま、きょうは何を釣ったと思う？　死体だよ。」

「まあ、そんな恐ろしいことを。」

「そうだよ、恐ろしいのなんのって。女の人だったんだ。何週間も水の中に浸っていたらしいってマルクが言ってた。顔は真っ黒で、ぶどう酒の皮袋みたいにはれているんだ。それにね、母さま、おぼれたんじゃないんだよ。首にひもがしっかりからげてあって食いこんでいるの。マルクが教えてくれなかったら、ぼく気がつかなかったろうと思うよ。」

「まあ、マルクったらいやあね、それにあなたもいやあね、そう興奮して。早くお忘れなさいな。」

「ああ、とても忘れられそうにないよ。」

その夜、ヘレナがお休みのキスをしにいくとコンスタンティヌスが興奮して眠れずにいることを知った。「母さま、マルクもぼくもあの女の人がだれだか知っているんだよ。父さまの女だよ。マルクが彼女のしていた金のブレスレットを見てそう言ったよ。それも、手首がものすごくはれあがっているのでよく見えなかったのだけれど。」

コンスタンティウスは食べ物に好ききらいが多くなった。豆と肉をきらい、ときには一日じゅう絶食をした。しばしば馬に乗り、ときには週に二度ほど海岸の別荘へ出かけた。だが仕事に支障はきたさなかった。何時間かかろうとも会議には正確な時刻に正しく適度に出席し、書類を読まずに署名することは決してなかった。軍の訓練報告書を修正し、請求書に目を通した。

「彼は海岸のあの家で何をしているのかしら?」とヘレナが尋ねた。「また別のきたならしい女でもつかまえたとか。」

「いいえ、わたしには信仰にはいられたのではないかと思えるけれど。」

それは真実であった。コンスタンティウスの新しい生活の変化、豆ぎらい、釣糸の先にひっかかってきてふくれあがった恐怖を簡単に説明するとすればそれ以外になかった。

何年も昔、まだ中尉だったころ、コンスタンティウスはミトラ[7]の祭式にはじめて連れていかれたことがある。軍隊には新入りの将校が参加しなければならない儀式がたくさんある。彼もこれをその一つとして甘受したのだった。だが祭典には取り立てて強い印象はなかった。彼は副官に案内されて駐屯地の露地を通り、ある目立たない家の戸口へ連れていかれた。そこで目隠しをされ、両手を生温かいじっとりしたものにくるまれた。そして階段をおり、暖かく静まり返った部屋へ連れていかれた。そこでもしこれから先語られることを口外すれば厳しい罰を加えられるものとするという誓約をさせられた。そして秘密を聞かされ、その秘密を誓約のときと同じように一語一語指導者のあとについて言わされた。彼にとっては特別なんの意味もないものだった――野暮なペルシャの言葉が一くさりと名まえ、あとで聞いたところによると七人のさして重要でない悪魔、すなわちアーリマン[8]の子分の名まえで、それを言えば懐柔されたことになるのであった。やがて目隠しがほどかれたので見るとそこはランプのともった穴蔵で、雄牛を屠る浅彫りのレリーフがあり、ごく近いところに、半ば当惑したようななじみの顔がいくつもあった。軍隊にいる間

7　古代ペルシャの宗教で紀元二～三世紀にはローマではキリスト教のおもな競争相手であり、特に軍隊に広まった

8　善と光明の神と戦う悪と暗黒の邪神

にはしばしばこういうところに出入りし、彼同様に仲間が連れていかれるのを見、さらに高度な啓示、さらに深い秘密について人々が語るのを聞いた。やがて彼は昇進し、各地を回り歩き、孤立して、こうした仲間交際《づきあい》を考える暇がなくなってしまっていた。

　当時の彼は二十歳にもなっていなかった。歩む道は幹線道路のごとくまっすぐで明白だった。旅には道案内も支えもいらなかった。だがいまや中年に近づき、髪も薄く、孤独で、顧みられることなく、情熱は内面で饐《す》えはじめ、夢の中で剣闘士の網にかけられたかのごとくに体が動かなくなり、おのがひとりの終わりのない冬の中で霜に閉ざされた彼は、とって返して、若き自由な日々に勧められた超自然の助けを借りることにした。

　彼の別荘の近くに洞窟があった。そこは秘法の場として知られるところであった。周囲にある何エーカーかの土地は塀に囲まれ、神官の館の後ろのわずかな野菜畑を除くと未開墾である。館から舗装されない小道が一筋、カサマツと玉石の間を縫うようにして海べりの洞窟に続いている。ここに一か月のうちのある特定の晩、頭巾姿の帰依者たちが、あるいは兵舎、あるいは大商店から出てきて集まっていた。互いにどこの者とも知れぬあらゆる階層の男たちが一堂に会し、儀式が終わると再び言葉を交わすこともなく、それぞれの多種多様な職業に散らばっていくのだった。

皇帝崩御の空白期間のある日のこと、コンスタンティウスが優柔不断の苦悩のうちに歩きまわったり寝そべったりして怠惰に過ごしていると、神官が寄付を目当てに別荘にやって来た。コンスタンティウスは適当にへりくだって相手を迎え入れた。

「わたしは以前ニコメディアでワタリガラスすなわちミトラの信者でした、神官さま。」

「知っています。」その種のことを知っていなければ神官の商売はつとまらない。「この秘法の場に来られてからはどのくらいになられる?」

「十七年になりますか、いやもっと、十八年か。」

「ほう、ではもうもどられてよいころだ。」

神官は権威をもってこう言った。もはや相対するふたりは総督とその民ではなく、生徒と教理問答の教師、悔悟者と聴罪師に変わっていた。神官はコンスタンティウスがこれまで想像したこともなかったような難解で寓話的なものの言い方をした。そのほとんどは意味のない内容であったが、中に一本、明瞭な糸が通っていた。光明、赦免、浄化、そして出口。


来る日も来る日も神官は別荘に来た。やがてコンスタンティウスは洞窟の集会に参加するようになった。断食をし、水浴もした。クリフィウスの被衣《ベール》も兵士の極印《ブランド》も受けた。だがそこへ来てはたと逡巡した。神官がはちみつと灰をと促した。「あなたはまだ戸口にいるにすぎない。これまでなしたることは、単なる下準備にすぎず、あなたはまだ暗黒の中にいる。ライオンの向こうにペルシャ人、その向こうに太陽の廷臣、その向こうに父なる神がいると聞く。だがさらにその先にはわが語らざるたぐいのもの、外なる証拠のみがあると聞く。物体はなく、暗黒もなく、ただ光と言語を絶するばかりに神聖なるものがある。」

「そのようなものは、わたしには関係ありませぬ、神官殿。」

「これらは、求むる者すべてのためにあるのです。」

「わたしはもう充分満足しています。」

コンスタンティウスは自分の求めるものは何か、すでに気づいていた。それなくしては己が才能が役に立たないというものである。だからそれ以上何も尋ねなかった。

しかし洞窟には定期的に出席した。そして祈りの中でただひたすらに解放と浄化と、自由と潔白による力を強く祈念した。コンスタンティウスと同じ晩に兵士という触れこみで入会してきたある呉服屋がいたが、彼は、最初のリズミカルな呪文が始まるともう体をこわばらせ、両眼を見開き、歯ぎしりをし、激しい発作のように断続的に体をよじらせ、しわがれた、声にならない叫び声を発するのだった。この男はすぐさま高い段階に上り、コンスタンティウスと同じ会合には出てこなくなった。多くの者たちが開眼のレースでコンスタンティウスを追い抜いていった。コンスタンティウスは他人と競う気はなかった。だが月を経、年を経るごとに自ら行う単純で世俗的な修行のゆえに、この聖なる闘牛の宗教から力を得ることができるのだった。

コンスタンティヌスが十四歳になったとき、父は彼をミトラの神殿に連れていった。

「どう、おもしろかった?」帰ってきたときヘレナが尋ねた。

「この話は女性にはしてはならないんだよね、父さま」と息子は答えた。

「何をしてくるのかしら。」ヘレナは後になってカルプルニアに尋ねた。

「わたしが思うには、男たちはおめかしをするのよ。男ってそういうことが好きなものよ。そして互いにお芝居のようなことをするのではないかしら。それから聖歌をうたったり、おきまりのいけにえを食べたりでしょうよ。」

「どうしてそういうことを秘密にするのかしら?」

「その方が魅力があるからでしょう。別に危険はないことよ。」

「それならいいけれど。あたくしにはずいぶんと奇妙な話に聞こえますわ。コンスタンティヌスが帰ってきて、ぼくはワタリガラスだなどと申すのですもの。」

　彼女は夫に情報をせがんだ。「そなたが一般的な話を知ったとて害はあるまい」と彼は言った。そして「非常に素晴らしいものなのだ」とミトラ教の話をしてくれた。かなり長いことしゃべり、彼女は熱心に聞き入った。

　話し終わったとき、彼女が「それはどこですの?」と尋ねた。

「どことは?」

「はい、どこから起こりましたの? あなたは雄牛が洞穴の中に隠れていて、この世界はその血から創造されたものだとおっしゃったでしょう。では、地球もなかったときどこに洞穴がありましたの?」

「それはまたずいぶんと子供っぽい質問だな。」

「そうでしょうか? それからいつのことですの? それにもし人がだれもいなかったのだとしたら、どうしてそうだとわかりますの? それからもし創造主アフラマズダの心に最初に浮かんだのが雄牛で、地球をこしらえるのに、それを殺さねばならないと考えたのだとしたら、どうしてアフラマズダは地球のことだけを直接考えなかったのでしょう? それからもし地球がじゃまなものなのだったら、そもそもミトラはどうして雄牛を殺したのでしょう?」

「いや話さなければよかった。そなたがそうも不敬な言葉を吐きたがると知っておったら。」

「あたくしはただ質問しているだけですわ。あたくしが知りたいのは——あなたがほんとうにこのことをすべて信じていらっしゃるのかしら、ってこと。そうでしょう、あたくしはミトラが雄牛を殺したのはクラウディウス伯父さまがゴート族を殺されたのと同じだと思いますの。」

「そなたとこの話をするのはどうもまずいな。」

それでコンスタンティウスはまた元の青ざめた顔にもどって、真理も恍惚も求めず、禁欲と卵の制限によって邪悪な力の飽和するのを抑制して日を送り、一方コンスタンティヌスはたくましい青年に成長し、ヘレナははっきりとはわからないながらいくつかの段階を経て、悔ゆることもなしに青春を終えた。

ディオクレティアヌスはローマ帝国をマクシミアヌスと分け合って、マクシミアヌスに戦備の整った西方の辺境を与え、自らはニコメディアで複雑な宮廷礼式の繭を紡ぐ生活を送っていた。あるときついにコンスタンティウスはここに招かれた。

近年彼はいかめしく、穏やかに、何ごとか待ち構える姿勢になっていた。それはあたかも長い懐胎期のうちの警戒や不満でかき乱された初期の段階を終えてついに健康的な分娩期を迎えた者に似ていた。

「これは疑いなく何かきわめて重大なことであろう。」皇帝の急報を受けた彼はそう言った。

「はい」とヘレナは悲しげに言った。「またお引っ越しですのね。」

「ニコメディアでの変革の数々を見るのが楽しみだ。皇帝は都市を完全に近代的になされた。人は新ローマと呼んでいるという」と彼は言った。

「まあ、そうですの?」ヘレナは悲しげに答えた。不吉な名まえに響いたのだった。

彼はやがてまばゆく荘厳に着飾ってもどってきた。

「クロルス、紫を!」

顔色はそれにふさわしいとは言えなかった。

「うむ、ついに。」

「いままでいつも着たいと思っていらしたのはそれだったのね、そうですわね?」

「あまり長いことかかって、いまかくも突然に、しかも穏やかに決まったので、真実なのかどうか信ずることができずにおる。そなたにはディオクレティアヌスの暮らしぶりは信じられまい。昔、人はアウレリアヌスのことをよく度を越していると言っておった。だがいまディオクレティアヌスに会うには完全な宮廷衣装を身に着けなければならない。四つんばいになってはいっていって彼のスカートに接吻しなくてはならないのだ。わしはこれまで、金のレースと宝石がついていてほとんど見動きもできないようなごわごわのスーツを着て金のパイナップルを持って立っているマクシミアヌスほど恥ずかしそうにしている男を見たことがなかった。われわれはディオクレティアヌスの後ろにつっ立って二時間も三時間も、あとからあとから四つんばいになってはいってくる連中——役人とか大使とか——を待ちうけねばならなかった。それがまた、そろいもそろって何週間も前から準備したらしいスピーチを持ってくる。内容はといえば最初はまじめなものかどうか疑ったほどだった——ばかばかしく飾りたてた美辞麗句ばかり。ディオクレティアヌスはひと言も理解できなかったのではなかろうか。ただじっと剝製のようにつっ立って聞いていた——ウァレリアヌスと同じく。やがて全部終わると、われわれ三人、マクシミアヌスとガレリウスとわしを自室に呼び入れた。そのときの変身ぶりは見せたかったぞ。上着を脱ぐと肌着一枚になって腰をおろし、『諸君、命令だ』と言った。戦場で参謀会議をしたときと同じように。最後に口を閉ざすまでその調子を崩さなかったから、こちらとしても同意する以外に方法がなかった。彼とマクシミアヌスがそれぞれひとりずつのカエサル[9]の称号を持つ副帝をかかえる。つまりわしが西国、ガレリウスが東国をひき受けることになった。そしてわれわれふたりはカエサルであるのだから自動的に彼らのあとに皇帝を継ぐことになり、つまり継承問題で論議は起こらない……長いこと首を長くして待ったが、こうなったうえは、百人隊の隊長に昇進するのと同じくらいに簡単なことだ。」コンスタンティウスは紫色のマントのまま、この信じ難い幸運に陶然となって腰をおろした。「ときどき、もうだめなのかと思うときもあったぞ、馬丁。」彼は幸せのあまり思わず昔の気に入りの彼女の渾名を使った。

「あたくしもうれしいですわ。それで、あたくしたちはいつ移りますの?」

「ああ、そうだ」と彼は言った。「まだ話していないことがあった。わしはまた結婚した。」

ヘレナは言うべき言葉もなく座っていた。コンスタンティウスは息をつぎ、彼女が何も言わないので、愛想よく先を続けた。「気にすることはないぞ、なんら個人的なことでは

9　皇帝およびその推定相続人

ないのだ。ガレリウスも妻を娶った。それで離婚しなくてはならないのだ――ひどくかわいがっている女なのだがな。ディオクレティアヌスはわれわれが署名だけすればよいように離婚の書類を用意してくれた。すべて法的で公明正大なことなのだ。わしはマクシミアヌスの娘テオドラと結婚したのだ。どんな女かは知らん――まだ会ったこともない。トリーアで会うことになっている。」

ヘレナはまだ何も言わなかった。ふたりは黙ったまま、それぞれ別の思いにふけって遠く離れて座っていた。コンスタンティウスが次に口を開いたときはその距離がいっそう大きく思われた。「このことがもっと早くとか、もっと別の形で起こっていたら、わしはいまごろ死んでいたかもしれない。」彼は重々しく言った。

やっとヘレナが言った。「ディオクレティアヌスはあたくしのことはどうしようと決めたのです?.」

「そなた?　どうなりと好きにするがいい。もしわしがそなたの立場なら、結婚してどこかに落ち着くが。」

「では、コンスタンティヌスを連れてブリタニアに帰ってもよろしいのね?.」

「それは不可能だ。いまのところブリタニアでは非常に忌まわしい反乱が起きておる。それにあの子はわしが直接送ろうと思っておる。」

「送るって、どこへ？」

「ニコメディアへだ。もう政治教育を始めてよい時期だ。」

「あたくしも彼と一緒に行っては？」

「いかん、それはならぬ。だがそのほかならどこなりとかまわぬ。全ローマ帝国の中から選ぶがよい。おお、大きなかがり火を焚いている。なんと感動的なことだ。自発的にやってくれておるのだ。」

邸の向かい側にあるポセイドン島でオレンジ色の光が上がり、広がった。先発隊がコンスタンティウスの昇進のニュースを持って帰ってからずっと、衛兵たちがそこに薪を積み上げていたのだった。ヘレナは午後、彼らの作業を見ていて、考えるともなく、なんのためにあのようなことをと思っていた。群衆ははじめ炎のまわりに一並び並んで薪をくべているだけだったが、いまでは暗い岸べから火をめざして、さらに何隻もの船が歌をうたいながら、漕ぎつけていく様子。最初の樹脂を含んだ煙がヘレナとコンスタンティウスの座っているテラスにまで漂ってきた。松の枝と天人花《てんにんか》に火がつき、ぱちぱちとはねた。やがて大きな材木も燃えだして炎は空に向き、根本が黄色く、先へ行って赤く大きくうねり、刺激性の煙の上を下を縫い、隠れてはまた現れ、小さな舌となり、火花となって散った。

邸じゅうの召し使いは海に面した階下のテラスに走り出て手をたたき、笑いさざめき、島の男たちは拍手をし、さらに多くの船が岸からくり出された。

「なんと言った?」とコンスタンティウスが言った。

「何も。独り言を言っただけです。」

「トロイが燃えているとか申したように思ったが。」

「あたくしが? さあ。存じませんが、言ったのかもしれません。」

「まことに不適当な比較だ」とコンスタンティウス・クロルスは言った。

第五章　私的な生活こそ名誉ある地位

十三年間、ヘレナは独りで暮らした。髪は色艶を失い、人目をあざむく毛染めもやめて、常に絹のショールでくるんでいた。手足や体は太くなり、がっちりしてきて、前より一層堂々と歩き、権威のある断定的なものの言い方をするようになり、自分の所有物は注意深く数え、人に命令し、服従を強いるようになった。彼女はコンスタンティウスの昇進の日に総督官邸から彼の別荘に移り、広大な敷地を買い取り、塀で囲ってそこを栄えさせた。彼女は邸内の人のすべて、生き物のすべてを知り、それぞれの農園の収穫に通じた。彼女のぶどう酒はサロナの市場で高値を呼んだ。西方の荒海に面したさきもりの島々には巨大な波が打ち寄せては飛び散り、東方は冬になると高いディナル[1]の森が暴風雪に吹き荒れるが、この平野の人々はそのような話は聞いたこともなく、見るものはただ山の峰が藍色に染まるのと、たゆまざる海峡を流れてきて海辺にたゆたい、男の子たちに拾われる難破船の残骸くらいのものであった。ここで西洋夾竹桃《きょうちくとう》と天人花、トカゲとせみに囲まれて、ヘレナはそっと女の重荷をおろした。そしてこの地、故郷から遠く離れたこの地で、

1　ディナルアルプス。スロヴェニアからモンテネグロにかけて続く山脈

長い時間をかけて死んでいくように思った。

コンスタンティウスは落ち着いてガリアを治めた。コンスタンティヌスはガレリウスと東方の軍隊の運命に従った。マクシミアヌスはイタリア人とアフリカ人を残酷にいじめた。国の営みは栄え、辺境はどこも修復し、拡張し、財宝が蓄積された。だが舞台変わってプロポンティスの海辺には、祭服を着こんだ式部官が、ペルシャの王宮にぶらさがった藁人形のダミーよろしく身動きひとつせずに立ち並び、兵隊が通るたびに、宦官《かんがん》がありのごとくちょこまかと歩きまわって、その悪臭ふんぷんたる権力のあり塚の秘めたる奥にディオクレティアヌスが無上の退屈をかこって日を送り、病的なほど生まれ故郷に心を馳せているのだった。

彼はアドリア海の海べりに憩いの家を作る命をくだした。全領土から労働力が徴発され、山腹の木材は片はしから伐《き》り取られ、資材を積んだ船が入江につめかけ、城壁は驚くべき速度でその長さをのばした。

ヘレナとカルプルニアはその新しい宮殿を語るのに〝目障りな〟と言った。一度完成に近づいたとき、近くまで見にいったことがあった。規模は一駐屯都市ほどであった。周辺の田畑はすでに接収され、轍と人の足に踏み固められて荒廃していた。宮殿は自ら作ったま新しい砂漠の真ん中に立っていた。彼女たちが作業主任のあとについて丸天井のトンネルや、石をくり抜いた真っ暗な洞窟を歩いていくと、最近降った雨で、踏まれてべたべたになった石くずが足にまつわりついた。彼女らは一時間ほど白い泥の中を歩きまわった。そしてクレーン、コンクリート・ミキサー、集中暖房装置などあらゆる最新様式のものを見せてもらった。周囲にも頭上にも人がいて、ロープや巻き揚げ機と取り組み、斜面やローラーの上の大きな物体をひっぱったり、目的の場所に吊り下げたりしていた。足場にまたがった腕ききの石工たちは一時間一時間、一ヤード一ヤード、規則正しい連続的な装飾を刻んでいる。ふたりはこの作業の規模と能率に対して適当な批評を述べ、謝意を表して辞去したが、帰途の馬車でふたりだけになったとき互いを見た顔は驚愕に満ちていた。

「ブリタニアではとても考えられないたぐいのものだわ。」やがてヘレナが言った。

「ひどく近代的だわねえ。」

「どこにも窓がないのね。」

「この素晴らしい海岸に面していながら。」

「あたくし、ディオクレティアヌスには会ったことがないの。夫はとても尊敬していたけれど、そんなにすてきな人とは思えないわ。」

「あの方がここに来て住まわれるようになったら、この海岸もいままでとは変わってしまうかもしれないわねえ。」

「でも来ることはないのではないかしら。皇帝って、そう思ってもできないことが多いから。」

だがディオクレティアヌスは本人が予期したより早く、すなわち宮殿が完成する前に来た。音楽もなしに、ものも言わず重い足どりで歩く一軍団の兵に囲まれたかごに乗って。随員や医師がかごのまわりをちょこまかと歩きまわった。そして、その昔コルチェスターでヘレナの乳母が読んでくれた、岩の裂け目にはいってしまった小人たちのごとくに、すっぽりと新しい宮殿の中に消えた。皇帝は瀕死で苦しみもだえていたのだとうわさが立った。やがて六か月の後、その行列は再び姿を現し、東のニコメディアへと動いた。またきっともどってくる、とうわさは言った。ダルマティアの人々はそれを見守り、耳をそば立てて、ふさぎこんだ。

「わたしもどこかへ行こうかしら」とカルプルニアが言った。「あんなお化けがこう近くに腰をすえてしまってはとても幸せな気分にはなれないわ。一緒にイタリアへ参りましょうよ。」

「あたくしはもう動かないでしょうよ。そういうことをする時は過去のものになったわ。一時はトロイやローマに旅行したいと思いました。そのあとはただひたすらブリタニアの家へ帰りたかったわ。でもいまはここに根が生えてしまったの。皇帝が来る来ないに関係なく。」

「コンスタンティウスは西方の皇帝になるというわさね。それでディオクレティアヌスがニコメディアへ行ったのでしょう。彼とマクシミアヌスは隠退するのね。」

「かわいそうなクロルス」とヘレナは言った。「ずいぶん長いこと待たされて。もうすっかり老兵になったにちがいないわ。まだ喜べるだけの気力が残っていればいいけれど。それればかりを楽しみにしていたのですもの。」

「少なくともコンスタンティヌスには影響があるでしょうよ。」

「それはない方がよくてよ。もしコンスタンティヌスが政治から身をひくことができるのだったら、いつか兵役が終わってここへ帰ってきて、あたくしと一緒に暮らす気になるかもしれないと思うのよ。いまでは結婚して息子がひとりあります。ここなら彼の家族が気持ちよく暮らせるようにしてあるつもり。退役大佐としての彼にね。政治から身をひくことさえできればね。」

「皇帝の息子には少し無理な注文だわ。」

「あら、クロルスには政治上の妻がいるのだし、政治上の子供も大勢いるわ。コンスタンティヌスとあたくしは私的な家族よ。」

ヘレナはエジプト、シリア、ペルシャ、アルメニアの各地からコンスタンティヌスの定期的できちょうめんで心優しい手紙をもらい、しばしば異国情緒にあふれる贈り物を受け取った。あるギリシャ人の画いた彼の肖像画は彼女の寝室にかけてある。報告によると彼はスポーツ好きなまじめな兵隊で、兵営でも宮廷でも人に好かれているという。東方の兵役を終えてきた人々はたいていヘレナの家に憩いを求め、お礼にコンスタンティヌスの便りを伝えていった。だが彼の妻ミネルウィナについてはほとんど何も知らされなかった。「そう言えばクロルスもあたしのことは手紙にあまり書かなかった」と彼女は回想した。孫は、家姓の〝フラウィウス〟をミドルネームにしてクリスプスと名づけられていた。「モエシアの係累のことなど忘れているのでしょうね」と彼女は言った。

「多分、誇りにしているでしょうよ」とカルプルニアが言った。

「そんなはずあるものですか。あの鈍い、押しの強い人ですもの。」

「あの方たちはどちらかというと、最も王家の家系にふさわしい方たちよ、ヘレナ。」

「きっと、そんなことも忘れていてよ。」

ディオクレティアヌスが海浜に建築を始めて以来、周辺の地価は上昇を続けていたが、ヘレナはさらに土地を買った。そして海水のさす不毛の沼地の干拓工事を始めた。「あの子は大事業に慣れているの」と彼女は説明した。「忙しいことは好きにちがいないわ。」彼女は小さなオリーブの木を何列も植えた。スペイン種の特産で成長は遅いが、収穫量の多いというものだった。「多分、これが実る前に、コンスタンティヌスはここに来るでしょうよ。」彼女は言った。コンスタンティヌスが彼女のすべてのプランの焦点であった。だがついに十三年後、きわめて唐突に彼がやって来たとき、その全プランはたちどころに抹殺された。

彼は日没にやって来た。「明朝、暁にたちます」と彼は言った。「母上、あなたもです。」

彼女が想像していた通りの彼であった。肖像画に生命を吹きこんだごとく、大柄で愛らしく、手ごわかった。

「まあ、坊や、わたしはいまのところ、どこへも行かれないのよ。」

「あとで説明します。光のあるうちに馬の世話をしなくては。ミネルウィナが息子と外におります。何か欲しいものはないか、会って尋ねてはくださいませんか。」

何はともあれ、玄関のホールへ駆けつけたヘレナは、そこの大理石の腰かけの上に、置いていかれたままの姿の、気を失わんばかりの若い女と少年がうずくまっているのを見つけた。

「まあ、わたしはコンスタンティヌスの母ですよ。疲れているようね。」

ミネルウィナがすすり泣きはじめた。

「母さまはいつも疲れているの」と子供が言った。「ぼくはいつもお腹がすいているし。」子供は自信と好奇心たっぷりにあたりを歩きまわっていた。「ぼくはちっとも眠くないよ。」彼は言った。

召し使いたちが鞍袋を持ってはいってきた。

「いま何か召しあがりたい?」ヘレナは嫁に尋ねた。「それともお夕食の前に入浴なさる?」

「何も食べられません。ただ横になりたいだけです。」

ヘレナは嫁を部屋へ連れていった。メイドが何か手伝おうとしたが、ミネルウィナはブーツを脱ぐが早いか、ベッドに横になり、顔を壁の方に向けて、すぐさま眠ってしまった。ヘレナは少しの間その姿を見守っていたが、やがてクリスプスを部屋の外に連れ出した。

「ぼくたち、すごく乗り続けて来たの」と彼は言った。「父さまは宿場に待っている早馬の足を次から次へと駄目にしてきたんだよ。きのうの晩なんか全然ベッドにはいらなかったの。宿屋でちょっと藁の上にごろっと横になっただけ。」

「何かお夕食のものがあるか見てきましょう。わたしはあなたのおばあちゃまよ。」

「ぼくのおじいさまは皇帝だよ。あなたは皇后？」

「いいえ。」

「じゃあ、ぼくの本物のおばあちゃまじゃないわけだね？　父さまが、ぼくにはもうひとり別のおじいちゃまがいるけど、その人も本物じゃないって言ったよ。海を見にいけるの？」

「多分、明日。」

「明日はまた乗り続けなくちゃ。ぼくは皇帝になったら、船乗りになるんだ。」

「皇帝になりたい？　クリスプス？」

「もちろん。皇帝には二種類あるんだよ。知ってる？　いいのと悪いのと。悪い皇帝はぼくたちが、いい皇帝のおじいちゃまのところに行くのを止めようとしているんだよ。でも止められるもんか。こんなに早く来てるんだもの。それに途中の早馬をみんなだめにしてきたし。」

「もう解散ですよ。」夕食のあとでコンスタンティヌスが言った。「みんなが一致協力していたのはディオクレティアヌスがいたからです。いまとなってはいたるところにトラブルが起こるでしょう。あなたも父上の領土においでにならねば。」

「だって坊や。わたしのように静かな私生活を送っている女をだれが気にかけるものですか?」

「母上には近代政治が理解できないのです。いまどきでは私生活などというものは存在しない。あなたはわたしの母上です。ガレリウスにとってはそれだけで充分だ。」

「そしてあなたはガレリウスの軍隊の執政武官ではありませんか。部下とともにいなくてはいけないのではありませんか。バルカンじゅうの丈夫な馬の足を駄目にして歩くようなまねをしたりしないで。」

「ほかに道がなかった。後世の歴史家がわたしのことを書くとき、生を得るためには、天下を支配する決意をせねばならなかったと書くでしょう。」

「おお、歴史だなどと。わたしはここに座って何年ものの間、たくさんのものを読みました。歴史から身をおひきなさい、コンスタンティヌス。落ち着いてわたしのしてきたことを見てごらん。耕作、干拓、植えつけ。歴史よりはるかによいものです。そしてもしわたしがここを離れれば、それもみなだめになってしまいましょう。」

「母上、いまや全帝国がだめになろうとしているのです。前世紀、われわれは絶壁に辛うじてぶらさがっていたのです。人は帝国を永遠のものと考えているようです。家の中に座ってヴェルギリウスの詩を読み、だれも何も苦労しなくても、ことはいままで通りに運ばれていくのだと考えています。しかし辺境で、ぼくは全領土が一季節のうちにだめになるのをこの目で見てきました。それで最近、もし闘うのをやめたら、どういうことになるかわからないという幻想にとりつかれてなりません――この塵芥のごとき世界は、アフリカとメソポタミアの運河が干上がり、ヨーロッパの水路が断たれ、死の世界のここかしこで、何千という野蛮人の酋長どもが破壊された門を奪い合うことになるのでしょう。」

「それであなたはわざわざマクシミアヌス神帝の軍勢に加わりに行こうというのですか?」とヘレナが言った。「そのことが世界を救うことになると思って?」

「神帝ですと?」とコンスタンティヌスが言った。「一体どこのだれがマクシミアヌスを神と信ずると思いますか？　だれか神などというものを信じる者がいますか？　アウグストゥスにせよ、アポロにせよ？」

「毎日あまりたくさん神さまができ過ぎますね。」ヘレナが息子の語気に押されて言った。「毎日以上です。全部を全部信ずるわけにはいきませんね。」

「世界を支えているものはなんだと思います？　神でもなく、法律でも、軍隊でもない。単なる名まえです。ローマという名まえのかび臭い迷信がかった神聖――二百年間の旧式なこけおどし。」

「そのようなものの言い方をなさるのを聞くのはいやですよ、コンスタンティヌス。」

「もちろん、そうでしょう。母上のようにローマがうんぬんされるといささか不快を覚えるという旧式な人種がいまもって何百万といるということはありがたいことです。それこそがこの世界を支えているのです――そのいささかの不快感が。反面ミラノとかニコメディアに対してそういう感情を抱く人はいない。今日ではこの二つは政治上非常に重要な場所であるにもかかわらずです。それが神聖ということなのか。ローマを再び真実神聖なものにでき得るものならよいが……それどころか、いまではキリスト教徒がいます。母上もニコメディアでの裁判のおりに出された証言をお聞きになるとよかった。彼らがローマをなんと呼んでいるかご存じですか？　〃淫婦どもの母〃です。彼らの本に書いてあるのを見ましたよ。」

「でももういまはみな押さえてしまったのでしょう？」

「もはや手遅れです。キリスト教徒はいたるところにいます。軍人も役人もみな毒されていきます。ティトゥスがユダヤ人を追い散らしたようなわけにはいきません。彼らは国家の中に完全に一つの国家を持ち、自分たちだけの法律と役人を持っています。父上は領地内の布告を強化しようとさえなさいません。父上の王宮にも半数は混じっていると聞いています。しかもローマに聖所——先駆者たちの墓まで持っているのです。自分たち独自の皇帝といったものを持ち、それが現在ローマに住んで指揮をとっています。彼らが全ローマ帝国における最大の難問の一つです。」

コンスタンティヌスは口をつぐみ、けだるそうに体をのばした。「明日一緒におたちになりますね、母上？」

「いいえ、明日はとても。ここの人たちをそういきなり置き去りにしては行けないわ。わたしのことをそんな風な人間だとは考えていませんからね。わたしはあなたのように王宮育ちではないのですもの。それにお父さまのところに行っても歓迎されるものやらどうやら疑わしいと思いますよ。先に行って北方にわたしの住めるところを見つけておいてくださいな。あとから行きますから。」それからヘレナはつけ加えた。「そのキリスト教徒ですけれどね――その人たちは、その人たちなりの方法でローマを聖なる都だと見ているのではないかしら。」

「やれやれ、母上、さっき言ったでしょう。彼らの本の中には……」

「ああ本があるのですね……」とヘレナが言った。

第六章　旧体制《アンシャン・レジーム》

最近来訪したさる外交官の高価な贈り物であるインド産のサルがテラスで金の鎖をじゃらつかせていた。ヘレナはそれにプラムを投げた。「亡くなった主人が言ったのを思い出しますよ」と彼女は言った。「継承問題に関する論争はこれでもう起こらないと言ったのを。それなのに、今年は皇帝が六人出ました。これは新記録ではないかしら。わたしのことまで皇后と呼ぼうとしたりして。」

「あたくしは違いますわ。」ミネルウィナが言った。

「そうだわね。でもきっとそのうちそうなってよ。ふさぎこむのはいいことではないわ。特にそんなことでふさぐのは最低ですよ。わたしも離婚されたでしょう、あなたもご存じの通りに。その当時は慌てたけれど、結果的にはその方がはるかに幸せで安全な人生が送れましたよ。ただただ政治のせいですよ。きっとコンスタンティヌスもあなたと同じくらい今度の変革を悔やんでいるにちがいないと思いますよ。ファウスタという女《ひと》はふた目と見られない醜女《しこめ》でキリスト教徒にとり囲まれているそうですね。それにどっちみち、あなたにはクリスプスがいるわ。わたしは息子まで取られてしまったじゃありませんか。あなたはお庭でのんびり過ごすべきですよ。わたしなど、この先どういうことになるのか興味を感じるほどですよ。こんなに皇帝がまわりじゅうにいるのでは旅もしていられないでしょう。闘いさえやめば、わたしはダルマティアに帰りたいところです。ここが住みやすいよいところだと思わぬわけではないけれど。」

三度目の夏を彼女たちはトリーアからかごで二時間のイガルで迎えていた。コンスタンティヌスが権力の座への道すがらふたりをここへ置き去りにしていってしまったからだ。だがそのまま忘れていたわけではない。その証拠にミネルウィナには離婚の書類を、ヘレナには皇太后となすとした許可証をほぼ同時に送ってよこしたからである。一度ほんの瞬時、ほぼ有無を言わさぬ形でコンスタンティヌスがふたりに会いに立ち寄ったことがあり、非武装のフランク族の一軍を劇場で壊滅した話を陽気に語って聞かせた。

その土地はどちらかというとミネルウィナよりはヘレナの年代の女性に向いた場所であった。巨大なジュピターの大理石像、マーキュリーの鉄の像、色塗りのキューピッドを見てしまうともうそれで観光客の目をひくものは全部だった。だがこれらは真に傑作であった。キューピッドは女たちにはりつけにされて目に涙を湛えている。マーキュリーは二個の天然磁石の間でバランスを保ってほんとうに飛んでいるようだし、ジュピターは大理石の指に玩具のようにさしわたし二フィートほどの金の香炉を持ち、それに香を投げこむといつまでも燃えつきずに残っていて、神殿じゅうに甘い香気が立ちこめる仕組みになっている。「もちろんみんな仕掛けがあるのでしょうよ」とヘレナは言った。「でもどう作られているのかはわからないし、ああいうものは見ていて飽きませんよ。」

こうしたとてつもない宝物のほかにトリーアの宮殿にはさらに多くの繊細な魅力があった。庭園は下はモーゼル川、上は丘の上まで続き、水門には金の星がつき、五つの大きな王冠が載せられている。ミラノの豊かさと上品さに北方の味を添えてひき締めたとでもいうべき魅力的な都市で、ヘレナはそれを認めて好ましく思った。

そこにはまた彼女にとっていまなお懐かしいケルトの気風もあった。詩人が大勢出入りした。「特にこれといった意味はないのだけれど」とヘレナはミネルウィナの拗ねた質問に答えて言った。「決まってとてもいい人たちだし、それに貧しい暮らしをしているの。ここへ来るのを喜ぶことでもあるし、声を出して詩を読んでもらうと、わたしの父が詩情に浸っていたのを思い出させてくれてよ。」

ミネルウィナはヘレナのサロンであくびをした。中東の気風に染まってきたせいではない。ラクタンティウスが遠ざかっているからだった。この有能なる男性は表向きはクリスプスの家庭教師であったが、レッスンは一度として成功せず、じきに消滅してしまった。それは無名の人物の中から最高の散文の大家を選び出して、腕白ざかりの王子に文字を教えようと言いだした、りっぱといえばりっぱなコンスタンティヌスの曖昧な認識による計画の結末であった。クリスプスはいまでは一日じゅうボートや弩《いしゆみ》で遊んで、同年齢の子供たちに君臨し、ラクタンティウスは自分の部屋で自分の天職にふけっているのだった。そしてヘレナが顔を出すよう要求すると現れ、ときにはその日の午後のように、自ら好んでご婦人たちのごきげん伺いに出た。これは彼女たちがもしも自分がひき続きこの宮廷に暮らしていることを忘れてしまってはならないと考えてする行為だった。野望はすでに超越しているが、全く忘れられてしまっては不都合だと信じているからであった。

この地位はまことに彼に合っていた。というのは、彼はキリスト教徒であって、ちょうどよい時期にニコメディアを出てきたのであった。友人の半数は最後の逮捕と刑執行の大波にのまれた。他の者は時おりトリーアに魂の冷えるような話を携えて姿を現す。ここは帝国じゅうで最も安全な町の一つなので、当然、逃亡者たちはここに集まり、司教がひとりと数えきれないほど大勢の聖職者たちが大ぴらに業務を行っていた。トリーアでは人は聖餐式に飢えることはなかった。だが、ラクタンティウスを失望させたのは神学図書館の欠如であった。例の司教は尊敬すべき人物であったが、蔵書は取るに足らなかったし、ラクタンティウスは自分の書いた原稿以外には何一つ持ち出すことができなかったのである。それでいまは、何を表現するかは別として、他に比肩なき表現能力と、常に消えることなき、過失を犯すことへの不安だけを抱いて蟄居《ちっきょ》していた。彼は書くことに喜びを感じ、己が文章の細工と装飾を喜び、すべての言葉が最も純粋に最も正確に使われたときにはまれなる善行を施したと感じて喜び、構文と修辞句に子猫のごとくじゃれて遊ぶのを楽しんだ。言葉は本来の意味を生ぜしめる以外だったら、どんなことにも使えるものである。「ああ、おれももう少し勇敢であれば」とあるときラクタンティウスは思った。「もしもアルプスの向こう側の中央に近いところにとどまっておったならば、偉大なる著作家になれたかもしれない」と。

トリーアの穏やかな空気の中で大手を振っている宗教はひとりキリスト教のみではなかった。この都市——北というより東という感じだった——にはありとあらゆる種類の秘儀伝授者が満ち満ち、中東で素地を身につけてきたミネルウィナもこの種のグループに加わり、ヘレナを慨嘆させせた。ミネルウィナのすることなすことがすべて反対に値したが、ヘレナはクリスプスのためを思って我慢した。彼はいまや十一歳となり、祖母のいつくしみの目で見ると日ごとにコンスタンティヌスの元気のよい子供時代を再現していた。

ミネルウィナはグノーシス派の友人たちのことをこんな風に言った。

「町へ帰るときが来たらうれしいかもしれないけれど、霊知の友を失うのは寂しいわ。」

「あなたもこのイガルにかなりの信仰のグループをお持ちなのでしょうね、ラクタンティウス。」

「トラキアから来た三家族がおります。こちらに参りましたおりに皇太后陛下がご親切に住まいを見つけてくださったあの家族です。司祭がときどきそこを訪れておりますし、わたくしも時おり。見知らぬ土地におりながら彼らは幸せのようでございます。ラテン語も話さない、身分の卑しい者でございますが。」

「おかしなことですね、このごろは、どこへ行ってもキリスト教徒のお話が出ますね。昔ブリタニアにいた娘のころには全く聞いた覚えがありませんでしたけれど。」

「ブリタニアにも殉教者はおります[1]——陛下のご主人さまが皇帝になられる前の時代ですが、もちろん、みな聖アルバヌスのことはたいへん誇りにしております。」

ミネルウィナは不満げにじりじりして言った。「きっと誇張して伝えられているので

1　三世紀の英国最初の殉教者

しょうよ。そのうち忘れられるにちがいなくてよ。」

「あなた方にとってはつらい時代かもしれないわね」とヘレナが言った。

「同時に栄誉ある時です。」

「まあ、ラクタンティウスったら、警察の手中に飛びこむことのどこが栄誉なの？」とミネルウィナが言った。「そんなこじつけ聞いたことないわ。もしそんな風に感じるのだったら、どうしてニコメディアの家にじっとしていなかったのかって言いたくなるわ。栄誉がたっぷりあったでしょうに。」

「殉教者になるには特別の資質が必要でございます――作家になるのに特別の資質が必要なのと同じく。わたくしの役割はごく地味なものですが、これが全く価値がないとは言えないのです。二つの諺をつなげてこう申します。〝芸術は長く、いずれ勝つ〟そして間違ったものに正しい形を与えることも可能なら、正しいものに間違った形を与えることもまた可能でございます。またこれから先何年かたって、教会の紛争が終わるかもしれませんが、そのころにはわたくし自身の職業に異説を唱える者、キケロとかタキトゥスの頭を持ち動物の魂を持った誤てる歴史家が現れるやもしれません。」彼はそう言って、金の鎖にじゃれ、果物をくれと啼き立てるテナガザルの方にうなずいた。「そのような人物は殉教者のことを書き、迫害者をゆるすことを業とするかもしれません。もちろん繰り返し論駁されることでしょうが、彼の書いたものの方が人々の心に残り、反駁文の方が忘れ去られるかもしれません。文章にはそういう力がございます――エジプトのミイラの秘密のごときものが。決して侮ってはなりません。」

「ラクタンティウス、そう深刻になることはありませんよ。だれもあなたを侮ったりなどしませんから。わたしたちの言っているのは冗談よ。あなたを東方へ返すことは許しませんよ。あなたは大事な人で、ここのだれもが好いているではありませんか。」

「皇太后陛下はお優しいお方で。」

秋の最初の冷気とともに一家はトリーアへひき移った。短い旅によくありがちな遅延の可能性を見こんで、軍隊の戦術よろしく先発隊、本隊、後衛隊と分けての煩わしい引っ越しであった。ミネルウィナは町に落ち着くや否や、というより、そこで彼女の特別の仲間を見つけるや否や、さる最高位のグノーシス派の人物の来訪を大騒ぎで待ちうけた。その人物はにぎにぎしい前評判とともにマルセイユからやって来た。グノーシス派の高度な思想を信奉する最新鋭である。「こちらにお泊めするわけにはいかないわ」とヘレナが言った。「それだけははっきりしています。」

「あの方も来たいとは思われないと思うの」とミネルウィナが言った。「豪奢な暮らしは大体お好きでないと思うわ。霊知の友だちの家でお部屋でも借りることでしょうよ。みんな何週間もの間、物も食べず眠りもせずということをするんですもの。」

だがいよいよその学者先生が着いたとき、彼はトリーアで二番目にりっぱな家の歓待を受けることを回避しなかった。「ご一緒にいらして彼のお話を聞きませんこと?」とミネルウィナが言い、ヘレナは、日ごろの落ち着いた生活習慣と、先ごろの断固たる態度にもかかわらず、常にいまだ求めるべくして求め得ずにいるものがあるのではないかという疑念を抱いていたばっかりに承諾してしまった。

その当日、ヘレナは立場上、会場となる家には最後に着いた。女主人役が戸口の階段まで出迎え、婦人たちが満員のホールにヘレナを導いた——霊の仲間のみならず、トリーアの全上流社交界の婦人たちがそこにいた。女主人役はヘレナの注文で片側に寄せてあるいすを勧めた。講師はすでに席に着いていた。そして上流社交界には慣れっこだと言わんばかりの態度で皇太后陛下と女主人役に挨拶をして、話を始めた。

ヘレナはショールに少々細工をした。部屋は集中暖房がほどこされて猛烈にあつく、ショールは必要なかった。それでラム・ウールのを取り、薄い東洋のシルクのものとかけかえたのだが、その間終始、いすのそばにいる侍女と奴隷の手を煩わした。彼女はすぐ近くの婦人たちを見回して愛想よくその何人かに目くばせをし、やがて両手を組み注意を講師に向けた。

その人物は年かさの肉感的な男で、賢人ぶったひげを生やして簡素なローブをまとい、熟練を積んだ職業哲学者といった態度をしていた。黒い問いかけるようなまなざしで同意を求めるように聴衆を見回し、ヘレナを見つけると、しばらくの間、そこに目を留めた。ちょうどそのとき彼はヘレナという名まえを口にしていたが、彼女に気づいた証拠に、やや抑揚を変えたようにヘレナは思った。……「ソフィアは」と彼は言っていた。「アスタルテのごとく、テュロスにその身を捨てたのでありまするが、ヘレナと同様サイモンなる高位の人物の配偶者でありました。彼女はさまざまな形態により三十のアイオーン[2]の最後にして最も暗い光でありまして、その力強き愛により七人の物質的支配者の母となり……。」その調子は甘美で奇妙に耳慣れたもので、ヘレナをほとんど忘れ果てていた昔のあの風の塔へ連れもどした。

「確かに彼だわ」とヘレナは思った。「間違いないわ。マルシァス、相変わらずお口が上手だこと。」

2 グノーシス学説により至上存在より流出し宇宙の運行のさまざまな機能を果たしていると考えられる力

ヘレナの周囲では暇をもてあましている婦人たちがさまざまな格好で腰をおろして聞きほれていた。ひとりふたりメモ用紙を持っている者がいたが、メモは大して取れていなかった。ヘレナは侍女が二度ほど「創造神《デミウルゴス》」という言葉を走り書きし、二度とも苦労しているのを見た。マルシァスの言わんとする意味についていこうとする者たちは不安そうな顔をし、その快活な話ぶりに無抵抗にかぶとを脱いだ者はずっと幸せそうに、頭をのけぞらせてぽかんと口を開けており、後者がここへ来た目的を達しているといえた。ヘレナは並みいるうつろな横顔をながめた。ミネルウィナを見た。彼女は講師側に座って聴衆の方に向いていた。そして一節が終わるごとに、長いこと胸におさめていたある見解を確認したかのごとくにうなずいた。

「あらゆる事物は他に対して二重の意味合いを持つものであります」とマルシァスが言うと、ミネルウィナがうなずく。「であるからして、ものごとの誤謬が生じ、しこうしてグノーシスの神が介在するのであります。ドシトゥスは自らを高位の人物ならずとして、おのが過ちを認め、彼の認識によりますると、月々二十九日にして一つの過ちが生じ、ヘレナについては三十と半に一つ。」(〃このわたしのことではないのだわ〃とヘレナは思った。)——「この女性は最初のアダムの母であり花嫁であるのです。」

ミネルウィナはあごの下の肉がたたまるほどしっかり深くうなずき、ヘレナは、この場にふさわしくないある衝撃が心中深く形をなし、抗し難くふくれあがってくるのを覚えた。生まれつき持っていた、何ものも奪うことのできない、だが長いこと押しつぶされていたある感情、いまの彼女の立場とも、結婚とも、母であること、大きな所帯のやりくりへの懸念、あるいはオリーブの圧搾、アーモンドの摘み取りとも関係なく、この三十年ぶりの授業とも、いかにも既婚婦人らしい戸惑った頭が並ぶむっと人いきれのするホールとも関係ない、ただ海の霧と、厩と、塩からくもつれた若々しい赤い髪の香を含んだある感情が。ヘレナはそれと闘った。いすに座ったまま自制しようとした。親指をかみ、スカーフを顔の上まで引き上げ、靴のかかとをくるぶしの骨にぶっつけ、知っているかぎりの悲しい事柄を必死で頭に詰めこもうとした――ミネルウィナのビテュニア訛り、捨てられたディド――だが効き目はなかった。とうとう気持ちを静めようとする骨折りの方が聞こえるほどになって根負けし、ヘレナはくすりと笑った。

その笑いは感染しなかった。ろう紙のメモ用紙を持った侍女は隣の席のくっくと笑う奇行に気づいてふと我にかえり、ヘレナのベールに包まれた顔とふるえる肩を見て、何やら感傷的なことが話の中にあったのだろうと推測し、涙に気づいて、典雅なる陛下の感情に過ぎたることのありませんようにと念じ、彼女自身とりわけ畏怖にうたれた表情をしてみせた。

講演はだらだらと続き、ヘレナがやっと自分を抑えたころになって熱のこもった結びとなった。女主人役は感謝の挨拶をして言った。「……わたくしどもはこの大切な問題を一層明らかにすることができたものと存じます……講師の先生は何か質問があればお受けくださるとのことでございますが……。」

だれもすぐには口をきかなかったが、やがてひとりが言った。「デミウルゴスもアイオーンのひとりとおっしゃったように思いますが。」

「いいえ、奥さま。それはわたくしの表現の貧しさからくる結果でして、そのようなことはございません。」

「おお……ありがとう。」

ミネルウィナはこう言わんばかりにうなずいた。「あたしに聞いてくれればよかったのに。そうしたらもっとずばりと答えてあげたのに。」

さらに間があって、それから教室で質問するような明瞭な声でヘレナが言った。「あたくしの知りたいことは、このことはすべていつどこで起こったか、ということです。それからあなたはどこでそれを学ばれたか。」

ミネルウィナは眉をしかめた。マルシァスは答えた。「これらは時と空間を超越する事柄です。その真理はその定理に完全にかなうものであり、本質的に物質的証拠を超越するものです。」

「では、失礼ですが、あなたはどうしてそれをご存じ?」

「生涯のたゆまざる、つつましき研鑽《けんさん》によってでございます、陛下。」

「ですが、なんの研鑽です?」

「恐れながら、その詳細を述ぶるには生涯を要しましょう。」

小さな賞賛のさざめきがこの簡潔な回答を受け止め、女主人役はそれが頂点に達したところで立ち上がって散会を宣言した。婦人たちは競うように講師の方へ近寄ったが、彼はその追従を押しきってヘレナに挨拶にやって来た。「陛下が御来臨の栄を賜わることは伺っておりました。」

「あたくしのことをわかってくださるとは思っておりませんでした。残念ながらお講義はあたくしの頭脳をはるかに上回るものでしたが、あなたがこうしてりっぱにやっていられるのを見るのはうれしいことです。それで……いまでは思い通りに旅ができるのですか?」

「はい、何年も前、わたくしの詩を気に入ってくれた、さる親切な老婦人によって自由の身となりました。」

「アレクサンドリアへは行きましたか?」

「まだでございますが、ほかに満足のいくことが見つかりまして。あなたさまはトロイへ行かれましたか、陛下?」

「ああ、それが、まだ。」

「ではローマへは?」

「そこへもまだ。」

「ですが、満足なされることをお見つけで?」

「見つけたもので納得しました。それも同じことでしょう?」

「たいていの人々にとりましては。ですが、あなたさまはもっと多くを望まれたように思います。」

「かつては。いまやあたくしの青春は終わりました。」

「ですが、ただいまのご質問は。『いつ? どこで? どこで習った?』は子供の質問でございます。」

「だからこそあなたの宗教はあたくしにとってなんのためにもならないのです、マルシァス。先生というものは小さい子供を集めて教えるもののように思いますけれど。」

「ああ、それは現代の精神ではありません。われわれは今日、非常に旧式な世界に生きております。そしてあまりにも多くのことを知り過ぎております。すべてを忘れて生まれ変わってこないことにはあなたさまの質問に答えられません。」

ほかの婦人たちはマルシァスに挨拶がしたいために周囲に立ちつくしながら、この陛下との会見が終わるのを待って距離をおいていた。ヘレナは彼を婦人たちの方へ返して、かごに案内された。ミネルウィナは新しい啓示に耽溺するためにあとに残った。

その夜ヘレナはラクタンティウスを呼んで言った。「きょうの午後、講演を聞きにいきました。講師がとてもよく知っている人物でしたよ。ブリタニアでわたしの父に仕えていた男だったのです。あれからみるとかなり体重は増えていました。でもその男の言ったことはひと言として理解できませんでした。あれはみな戯言《ざれごと》なのでしょうね?」

「全部、完全な戯言でございます、陛下。」

「わたしもそう思いました。ただ確かめたかったのです。ではラクタンティウス、あなたの神のことを聞きますが、もしもわたしが、それはいつどこで見られたかと尋ねたら、あなたはなんと答えますか?」

「神は人としていまから二百七十八年前、いまではパレスティナのアエリア・カピトリナと呼ばれている土地で亡くなられました。」

「おお、それは率直な答えですね。ではどうしてあなたがそのことを知っています?」

「証人の書いた記述を持っております。そのほかに教会の現存の人々の記憶もあります。父から子へと知識が受け継がれ、見ることのない場所までが記憶によって印象づけられます――彼の生まれた洞窟、遺体の安置された墓穴、ペテロの墓など。いつかこれらのものはすべて公開されましょう。現在ではひそかに保存されております。もしこうした聖所をお訪ねになるのでございましたら、よい人物がおりますからお会いくださいまし。その人物ならどこそこの石から東方までは何歩であるとか、いついつの日の日の出に影が落ちるのはどこかまで知っております。こういうことまで知っている家族はほかにも少しはおりまして、自分の子供たちに教えこむように気を使っております。いつか教会が公認され、自由になりますれば、このような配慮は無用になるものと存じます。」

「それはとてもおもしろいことですね、ありがとう、ラクタンティウス。ではもうお休み。」

「お休みなさいまし、陛下。」

「ほぼ三百年間、だれも神を見たことがないのですね?」

「見た者はおります。殉教者はいまも見ています。」

「あなたは見ましたか?」

「いえ。」

「だれか見た人を知っていますか?」

「陛下、どうかおゆるしくださいまし。このご家中外のだれにも話してはならないことがいろいろとございます。」

「聞くべきではありませんでしたね。わたしは一生、信仰者に質問をしては怒らせてきたようです。お休み、ラクタンティウス。」

「お休みなさいまし、陛下。」

第七章　二度目の春

四年が経過した。クリスプスは父の総司令部から呼ばれ、意気揚々とたっていった。ミネルウィナは、野心家で若禿げのベルギー人と再婚し、高邁なる思索には興味を失った。インド産のサルは年よりも早く老いて、冷たい川霧の中で病を得て死んだ。コンスタンティヌスはこれと思う好機を捕らえてはイタリアへ進軍した。

するとうわさと急使が同時にローマから届いた。トリーアでは、皇太后を除く全員がそれを待ちあぐねた。皇太后の人生にはこの種のニュースがあり過ぎた。一つ勝利があると、皇帝がひとり減る。勝者の間でまた別の家族が結合し、また一つの愛情によらない結婚が実る。彼女はそれを繰り返し繰り返し、ひっきりなしに見てきた。権力範囲の分裂、次に始まる策略と偵察の一時期、それらが奇妙な軌道にのって何度となく繰り返される。

教会に自由を与えるというミラノ勅令がトリーアに公布された。

「なぜみんなそのように興奮するのでしょう?」とヘレナが言った。「この地ではわたしの夫の時代からだれもキリスト教徒に干渉する者はいないのに。ここ何週間か、まるで神のお告げでも受けたかのように振る舞っておいでですね、ラクタンティウス。あなたのような歴史家は何世紀にもわたって思いを致すのでは？」

「歴史家として考えまするに、奥方さま、われわれはまことに風変わりな時代に生きていると存じます。過日のミルヴィアン橋の小さな戦い一つにいたしましても、後世ではテルモピレー[1]やアクティウム[2]と並び数えられるかもしれません。」

「親衛隊のせいでですか？　わたしはむしろあの方たちを気の毒に思わずにはいられませんよ。いくら間違った側についていても。わたしはついぞあの方たちがパレードに出るのを見たことがありません。いつも見たい見たいと思っているものの一つなのですけれども。」

「親衛隊などは百年来、一度として重要であったためしがございません、奥方さま。」

「冗談ですよ、ラクタンティウス。もちろん、あなたがそう興奮しているのがなぜかくらいは知っています。正直言ってわたし自身も少々不安なのです。わたしの息子までがキリスト教徒になったという話が伝わっているのですからね。ほんとうにそうなのですか？」

「わたくしどもの知るかぎりではどうでございますか、奥方さま。ですがキリストの庇護に身をゆだねられたことは確かでございましょう。」

1　紀元前四八〇年、ペルシャ戦争での戦い。スパルタ兵を中心としたギリシア軍がペルシャの大軍を相手に全滅するまで戦った

2　紀元前三一年、ギリシャ西部の岬でアントニウスとクレオパトラがオクタヴィアヌスに敗北した海戦

「どうしてだれもわたしにはっきりものわかった言い方をしてくれないのでしょう？　わたしはよほど愚かなのでしょうか？　わたしが求めるものはいつも率直な質問と率直な回答です。それなのに答えてもらったためしがありません。ほんとうに空に十字架があったというのですか？　わたしの息子はそれを見たのですか？　どうしてそこにあったのです？　もしそこにあって、それを息子が見たとして、どうしてその意味が彼にわかったのでしょう？　わたしは縁起などもあまり信じる方ではありませんけれども、ましてやもっと明白な災害の徴候が現れるなどという話は到底理解できません。わたしの欲しいのは単純な真実のみです。どうして答えないのです？」

ややあってラクタンティウスが答えた。「多分あまりに多くのものを読み過ぎたせいと存じます。率直で簡明な質問には向かない人間になったようでございます。お答えすべきことがわかりかねます。お役に立つ者もおりましょう、東の奥にとどまっている人物の中には。そしてやがて獄屋から出て参りましょう、そう命がくだりましたのですから。その者たちならば奥方さまにお答えできるかもしれませんが、おっしゃるほどに簡明で率直であるかどうかは疑わしゅうございます。わたくしに言えますことは、そういうことは、人が言うのだからほんとうに起こるかもしれないということだけでございます。実際に起こることがございますのです。われわれはみな真実を選ぶチャンスを持っており、あえて申しますならば皇帝の方々はときとして、つつましき民衆よりもはるかに目立つ形で与えられたチャンスをおつかみになるということでございます。われわれ全員の知っておりますことは、現皇帝陛下があたかも神の啓示をごらん遊ばされたかのごとく振る舞っておられるということのみでございます。それで、ご承知のごとく、教会を公認なさいました。」

「ジュピターやイシス、フリュギアのヴィーナスをさておいて。」

「キリスト教はその種の宗教とは違います、奥方さま。何人《びと》とも何ものとももその質を異にするものです。そして束縛のないかぎり、どこまでも征服します。」

「では多分、宗教的迫害にもなんらかの意味があったのでしょうね。」

「殉教者の血が教会の種でございます。」

「ではあなたは両方とも納得するのですね。」

「はい、両方とも。わたくしどもには将来がございます。奥方さま。」

「いつも同じですね、ラクタンティウス、宗教の話をすると。あなたは決してわたしの質問にはまともに答えず、それでいてもう少し苦労して見つけようとすれば、答えは常に必ずそこにあるのだという気持ちにさせてくれます。ある一点までは納得できますが、問題はその先です。どうもその一点を越したところが……もうこう年を取ってしまっては、いまさら、変化は望めませんね。」

　だがこのまれにみる時代の大潮に見舞われては、都会といぅ都会の中で最も穏やかなトリーアでさえ、また女性といぅ女性の中で最も隠遁した生活を送っているヘレナでさえも、変化を免れなかった。ディオクレティアヌスの心臓に死点を持していた途方もない退屈が四方八方に蔓延して世界を狂わせたが、時はやがて疫病のように通り過ぎていったのだった。新しい緑の生命が石造りの壁から轍の跡からいたるところで芽をふき、広がり、からみ合った。その夜明けにラクタンティウスは瞑想した。年を取ることはなんたる幸せなことであるか。理性に逆らって一つの希望に生きてきたことは。いやその希望はむしろ理性と感情の中にこそ存在していたのではなかったか。月並な体験や打算とは全く結びつかない種類の。その希望をこの目で見、実体のある素朴な形態を手にすることは、なんたる幸せ。霧に包まれた四海が晴れあがって突然乗組員の顔が現れ、船はなんら技術を要せず、音もなく漂って無事に錨をおろしたのだ。波乱の連続のごとく思われた人生において、この調和をかいま見ることができたのは——とラクタンティウスは思った。これこそまさに聖霊降臨祭《ペンテコステ》の歓喜に匹敵するものであろう。クリスマス、復活祭《イースター》、ペンテコステが王室で祝われるこの喜び。

もし人ありとせば、彼こそが周囲に起こる変化を理解してよい人物だった。だが彼は感激の度を越して、声も出なくなっていた。りっぱだった語彙はすべて使いつくされて、陳腐な王室賛辞ばかりが心に浮かぶ。事件はもはや平凡な人間の歩みに従っていなかった。各所に平常の推測を上回る原因と結果、動機と進展、干渉力と増殖力の不均衡がみられた。彼の夢想では、いまや人間は、馬でかなりの障害物を乗り越えようとしたとき、はからずも翼を得て空高く舞い上がったか、あるいは岩を動かそうとして両手に持ってみて、実はそれが意外に軽いことに気づいた存在であった。ラクタンティウスは後世の批評家たちが書き立てた通り、自らの共感を抑える術を知らなかった。いまの彼には、この不思議な謎を認め、近因となったかなたの王座の曖昧な皇帝をたたえる以外に何が残されていただろうか?

記録に残された歴史によると、コンスタンティヌスの業績は少ない。西方の多くの地域においては、ミラノ勅令は単に既成事実を合法化したにすぎず、東方ではすぐさま拒絶される不安定な休戦を迎えただけであった。コンスタンティヌスの理解した至上の神とは、キリスト教の三位一体の神とはおよそかけ離れたものであった。かのレバラム[3]は殉教者の

3 コンスタンティヌスの用いた十字の軍旗

十字架を思いきって大胆に紋章化したものである。すべてがあまりにもいい加減に、明らかに人気取りとして計画された。幸運に恵まれた人間の考えることは心急《せ》くあまり機微に触れた深遠なる思想にまでは思い至らぬものなのか。コンスタンティヌスはこれによって未知の勢力を一つ味方にひき入れ、すなわち問題を一つたな上げしたのだった。領地から領地、穀倉地帯から穀倉地帯へと地道に戦いを進めてきた東方の戦術家たちにはそう思えたであろうし、恐らくコンスタンティヌス本人にもそうだったにちがいない。だがこの知らせがキリスト教界全地域に広まると、すべての祭壇から疾風のごとく祈祷者たちが集まってきて、古代王国の雲つく巨大なドームにかきのぼり、はいのぼり、厩のふきわらよろしくあたりを掃き清めて、荘厳華麗な計り知られざる空間を持つ未来をここに開いたのだった。

それとは知らぬ専制君主たちは戦いを続けた。辺境を乗り越え、新しい条約を結び、それを破り、結婚と離婚と王位継承の命をくだし、囚人を殺し、同盟者を裏切り、死せる軍隊、瀕死の仲間を見捨て、自惚れ、絶望し、自刃し、慈悲を請うた。権力のメカニズムはちょうど死者の手首で時を刻む腕時計のように規則的に回転を続けた。

はるか銃後の王室では淑女たちが宦官や宮廷づきの司祭を相手に時をつぶしていた。王室ではアフリカから素姓も、素養もよろしく、若く魅力ある聖職者を呼び寄せ、この者があらゆる変化に富んだ角度から正統なる教義を説いた。ある週ドナトゥス[4]を説き、次の週にはアリウス[5]を説くという具合だった。

コンスタンティヌスは各所で成功を収め、ついに彼は平然と自分は無敵であると悟った。かくのごとく変転せる時勢の中にあって、ここかしこで、ある気品の高い人物の姿を見かけることがあった。活気と忠誠にあふれた青年クリスプスがその人で、この気高きローマの伝統を守る最後の戦士の盾には、よほど想像力がたくましくないかぎり見分けがつくまいと思うほどに色あせたヘクトルの紋章がつけられていた。彼の評判は、父親ものと同様、ヘレナのもとに届けられ、情愛深く歓迎された。彼の名は彼女の王宮のミサのとき、常に思い出された。すなわち、ヘレナは洗礼を受けたのであった。

いつ、どこでかはだれも知らない。記録も残されていない。記念すべき建物も造られなかった。国民の祝日にもない。他の何千という民衆同様、ひそかに、つつましく、ヘレナは洗礼盤の前に進み出て、新しい女性に生まれ変わった。それ以前の高潔に対する痛惜があったろうか？　一点また一点と説得されたのだろうか？　ただ単に優勢なる流行に歩調を合わせて、素直にいつくしみ深き神に抗することをやめ、これといった意図なく、数多

4　四世紀初頭アフリカ北部のキリスト教一派の指導者

5　四世紀キリスト教の異端者、アレクサンドリアの聖職者

い恩寵の伝達者になったのか？　われわれにはわからない。ただ彼女はおびただしい萌芽の中の一粒の種子であった。

　確かにいまとなっては、彼女は残された年月を平穏のうちに送る必要があったのではなかろうか。旺盛な探求心がついにその目標を見いだし、彼女に故郷を捨てさせたのだ。いまや帝国は統合し、平和を維持している。信仰も公認された。皇太后にとって、残されているのは、万民の尊敬を集めるゆりかごに身を落ち着けて、やがて天国に天がけ、王室の一員としてそこに温かく出迎えられる日のために心の準備をすることだけだった。

と、こういう見方をする者は新しいヘレナを知らない者と言わなければならない。コンスタンティヌスが彼の記念祭に母を招待したとき、彼女は七十歳を過ぎていた。だが彼女はただちにこのはじめての訪問に出発した。

第八章　コンスタンティヌスの仕打ち

だれしもほんとうに皇太后が記念祭に出席するとは思っていなかった。招待状は型どおりに送られた。だが受けるという返事は式部官たちの間で狼狽を呼んだ。だれひとりとして皇太后に会った者はいないばかりか、一つだけ確かなことがあった。宮廷にはすでにあまりにも女性が多過ぎたのである。常に悶着をひき起こすファウスタ皇后もいる。おりしもコンスタンティヌスがローマ教皇にラテラノ宮殿を与え、ファウスタは子供らとともにパラティヌス丘に移らせたという都合の悪い時期でもあった。また皇帝の異母妹で、リキニウスの未亡人であるコンスタンティアもいる。彼女やその息子の臨席はいつまでも痛ましく夫の死に様を思い出させるものがあった。ほかにアナスタシア、ユートロピア、ユリウス・コンスタンティウスとダルマティウスの妻たちがおり、この四人はだれを先行させるかという問題を抱えている。パラティヌスの宮殿にはヘレナ皇太后のはいりこむ余地はないのだった。

さんざん論議を重ねた挙げ句、セソリアン宮殿という城壁沿いの、王家の劇場に近い、大きな庭園のある見事な旧邸に白羽の矢が立てられた。近隣は貧民街であるが、皇太后の年齢の女性ともなれば大して外出はするまいという予測もあった。式部官たちはそこに高価な家具調度を詰めこみはじめた。

フラミニア門からはいってこの寡婦用邸にたどり着くまでには、ヘレナはローマ全域を横切らねばならなかった。大通り《コルソ》まで行き、カピトリヌス丘の下を通り、大広場《フォルム》を抜け、円形闘技場《コロセウム》を過ぎ、古い城壁沿いにカエリウスの丘まで行き、クラウディア水道橋のアーチをくぐって、その広大な寂れた宿舎へ行くのであった。道は彼女の最初の訪問に備えて整備されてあったが、いたるところで、バルコニーや道端から百五十万ローマ市民のささやきとさざめきが上がり、いたるところで、見事な正面を持つ神殿、国家の歴史的建造物の後ろから大きな新築の安アパートが姿を見せた。それらはいずれも表を切石で、中身を荒石や板材でこしらえた十階建で、又貸ししたり、間貸ししたり、人間の重みで倒れそうになっている。

時は春で、ほこりっぽい町のいたるところに噴水がしぶきをあげていた。それにしてもローマは美しくなかった。トリーアと比べると野卑で無秩序のように思えた。美はもっと後世に現れるのである。過去何世紀もの世界の腐敗物がこの都に流れこみ、うず高く積み上がって、行き場を失っている。この先何世紀も散乱し続け、美観を損ねることであろう。都は焼き払われ、略奪され、住む人もなくなって、大理石は解体されて、かまどになってしまう。大通りは沈泥でふさがれ、ジプシーが壊れたアーチの下で野宿し、山羊がイバラと倒れた彫像の間を歩きまわる。そしてやっと美が現れるのだ。美はいまだはるかかなたの、千年以上旅を続けた青白い星の下で馬にまたがり、ここに至る途上にある。やがて時を得てここに着くであろう。気まぐれでいとしい放浪者よ、そして七つの丘を、しばしの間その住処とするのである。

目下のところここにあるのは群衆であった。ヘレナがそれを感じたのはカーテンつきのかごで到着した当座ではなく、ややあって、人々の予想に反して、疲れを知らずに観光コースをたどったときのことであり、彼女は連日、生涯での合計よりも大勢の男女を見たような気がした。

ローマ人は夜も明けやらぬ時刻に往来に出てきて、日没までずっとそこにいるように思われる。日が暮れてからは運送車や農家の荷車が松明をたよりに夜っぴて市場にくり出てくる。都はいつも充分混雑しているところへ、現在は祝祭のために役人、観光客、行商人、ごろつきが大挙して加わり、雨露のしのげる屋根のあるところには何がしかを支払い、場所を選ばず寝泊りしていた。種々雑多な人種があらゆるところにとびつき、押しこみ、のぞきこむ。スラムで発育を妨げられて矮小になり、陽にあたらずに青白くなった人種に混じって、レバント人、ベルベル人、黒人もいた。二、三年前のヘレナであったら、きっと彼らにしりごみし、護衛隊に殴打を命じ、彼女のために進むべき道を開けさせて一息ついたことであったろう。だが「われ異教の徒を憎み、遠ざける《オディ・プロファヌム・フオルグス・エト・アルケオ》」という言葉が古い空虚な世界からのこだまのように聞こえた。いまの彼女には憎悪はなく、周囲に不敬は何一つなかった。護衛を断るわけにはいかなかったが、むしろその粗暴ぶりをなだめ、心は彼らの大きな肩越しに群衆へと向けられていた。ラテラノ聖堂でミサがあると聞いたときには――しばしば自分の礼拝堂よりもここを好み――見栄を捨てて出かけ、会衆に混じって立った。彼女は巡礼者としてローマにその身を置き、多くの友人に囲まれた。その友人たちには何も語る必要はなかった。彼らの表情にも何も現れなかった。トラキア人やチュートン人だと道端で同郷人を呼びとめて抱擁し、母国語で故郷を語り合うことがあった。だがヘレナたちキリスト教徒は違った。彼女がその一員となっている親しい家族のサークルには血族関係らしいものは身受けられなかった。貧民街でガーリック・ソーセージを焼いている行商人も、臭い湯気の立つ大釜のかげにいる洗い張り屋も、弁護士もその書記も、神秘なる共同体に行きさえすれば、ときには個人、ときには全員が皇太后と一つになった。またほかに大勢いる異教徒たちも、その気になればいつなりと一つになれた。単なる群衆ではなく、ただ膨大な数の魂が、膨大な種類の肉体の皮をまとって聖都ペテロ司教区に右往左往しているのであった。

ヘレナは楽々旅をしてきたわけではなかった。大層なキャラバンが先行し、大層な家臣があとに従った。そして着いたさきのセソリアン宮殿にはさらにたくさんの貯蔵品と、たくさんの家具と、もう一組の家臣たちが彼女を待ちうけていた。つまり落ち着くまでにはかなりの時間を要したが、しかるべき整とんが終わる前に、もう訪問客が現れはじめた。

コンスタンティヌス本人は来なかった。彼は侍従長を送って門の外で挨拶をさせた。また連日、ごきげん伺いと敬意を表するメッセージを送ってよこし、旅の疲れがとれしだい一刻も早く訪問したいむねの希望を表明してきた。だが来なかった。クリスプスも。すぐの隣人であるシルウェステル教皇も。ヘレナは教皇に贈り物を届けた。教皇は祝福を送ってきたが、家からは出てこなかった。彼にとっては容易ならざる時機だったのである。もし家から姿を現せば例の祝祭に一役買わねばならず、コンスタンティヌスの祝祭がキリスト教主義に基づくものか、宗教によらないものかは、前もって確認することはできないのであった。卜占官たちが足しげく姿を見せた。洗礼を受けていない改宗者の扱いについての確認書というものはない——改宗者どころか、この人物はまだ正式に洗礼志願者として認められているわけでもない——それでいて、途方もない後援者であり、アマチュアの神学者であり、信仰によらない神官長でもあるのだ。そのうえさらに、阿呆らしくもあり、かつ困ったことにシルウェステルが最近皇帝のライ病を治したといううわさが広まっている。それで教皇は健康を害したと言いふらして家にとどまり、建築家たちと新しい聖堂についての協議などしていた。

最初に訪問してきたのはファウスタ皇后だった。あまりにも早過ぎるヘレナの到着の日の夜の訪問で、こわれやすい高価な贈り物を積み上げ、両目を好奇に見開いていた。他人の都合を考えるのは彼女の習慣でなかった。姑が長旅でくたびれていようが、家が片付いていなかろうが、ファウスタは何がなんでも一番乗りをしてこの老婦人の品定めをしたかったのである。

ヘレナはややよそよそしく挨拶した。ファウスタの品行にまつわるうわさはさまざま流れていたが、その種の話はヘレナの耳には届いていなかった。ただヘレナはファウスタを、愛らしくないものの象徴、この時代の権力政治の縮図のように見たのであった。

ファウスタの祖父は名もなき無学の人であり、父は憎むべきマクシミアヌスである。コンスタンティウスがヘレナを離別したのはこの女の姉のゆえにであった。そしてファウスタのゆえにコンスタンティヌスはミネルウィナを離別した。この結婚の動機はあとにも先にもただ一つ、コンスタンティヌスが彼女の父と兄マクセンティウスとの友情を厳粛に祝おうとしたことにほかならなかった。マクシミアヌスはすでにマルセイユで首をくくっていた。マクセンティウスはその少しあとに、テベレ川で溺死した。そしてなぜか和平の行事が終わってみると、たった一つの遺品としてこのありふれた、肥っちょの女、ローマの皇后が生き残っていた。船が浸水沈没したあとの水面に漂う人形のごとくに。

ファウスタは立つとヘレナより頭一つ低く、ヘレナがほほえむとえくぼをくぼませた。ほうっておけばまるで平凡きわまりない女にちがいない。だが美容の専門家が腕によりをかけたのであろう。「大きな金魚みたい」に輝いて唇をとがらせている、とヘレナは思った。だがファウスタは自分の与えた印象には気づかずにほほえんでいた。愛想よくしようと決心していた。悪い癖とたくらみが働いていた。当面、彼女にはある使命があった。現在は神学が大流行しているのだが、彼女の配下たちは神学グループとどうもしっくりいっていなかった。皇太后なら有力な味方になれそうだ。ほかのだれよりも先に、有利な質問をぶつけておくことが必須であった。

「シルウェステルですか?」彼女は丸ぽちゃな白い手を振って言った。「まあ、そうですとも。お会いにならなくては。礼儀でございますわ。もちろんあたくしどもはみなあちらのお宅に敬意を表します。でも申しあげておきますけれど、あの方は個人的には別にどうというお方ではございませんわ。たまたま聖徒であると宣言なさったので、今年の大晦日にはみんなで記念のお祝いをしなくてはなりませんのよ。さっぱりした聖なる普通の老人です。だれも悪口は言わないのですけれど、正直のところ、あたくしどもの間では、少々退屈な人ということになっていますわ。あたくしも神聖なことはいいと考えますの。だれでもそうでしょう。でも結局のところ、人はみな人間でございましょう。天国へ行って、最後にみんな清らかになったところでシルウェステルとともに過ごすのはとてもいいことだと思いましてよ。でもこの地上では、もう少し別のことを望むのではございませんこと?　あのふたりのエウセビオスたちの場合をお考えなさいまし。ふたりは従兄弟同士のような間柄で、ふたりとも、だれにも好かれていますわ。つまりそういう人たちの方が仲間の感じがするという意味ですの。あたくしはこちらにニコメディアを連れて参りましたの。彼はある種の疑惑を受けていて、しばらく監督管区から離れている必要がありましたもので。こちらにとっても幸いでしたの。いずれお目もじに伺わせますわ。カイサリアは来られません。文学者でひどく忙しいんですの。このふたりはいまのところとても狼狽しています。昨年ニカイアでいろいろとまずいことがありましたのをご存じでしょう？　とても重大な会議だったようですね。あたくしにははっきりしたことはわかりませんけれど。シルウェステルはその種のことには興味を持ちませんの。わざわざ自分で出かけていくことさえしませんでしたわ。代理を送ったのですけれど、それはなんの役にも立ちませんでしたの。西欧の司教方の頭には新しいアイディアは少しもはいっていないのですね。ただこう言うだけですわ。『これがわれわれの教えられた信仰である。常に教えられてきた信仰である。それでおしまい』って。つまり時代とともに動いていかねばならないことを悟っていないのだと思いますわ。時計台をだめにしたところでなんにもなりませんわね。もういまや教会は穴蔵でも片隅でもない、公的な国家の宗教なのですものね。司教さんたちの学んだことは確かにカタコンベ[1]の中では結構だったかもしれませんけれど、いまではもう少々洗練された種類のことをみんなで扱うようにしていかねばなりませんでしょうね。あたくし何もかも知っているような顔をするつもりはございませんけれど、議会ではグラックスにさえ、大いに失望しておりますのよ。」

1　初期キリスト教徒の地下の墓地兼避難所

「グラックス?」

「お姑《かあ》さま、彼のことをグラックス[2]と呼びますの、安全を考えてですわ。壁に耳ありですもの。先ごろのほんのささいな布告がどれほど強く裏切者を刺激したかと考えますと、注意し過ぎるということはございませんわ。名まえを口にすることなど、とてもできません。みんな臆病になっておりますの。もちろん、お姑さまやあたくしの間でしたら、よろしいのですけど、習慣を改めることにしませんと。

ところで、グラックスのギリシャ語がどのようなものかご存じでしょう。もちろん命令をくだしたりするのには事欠きませんわ――みんなは駐屯地式ギリシャ語と呼んでいますの――でも本職の美文家が居合わせるとかわいそうにしょんぼりしていますわ。あの人はニカイアで何が起こったかとんとわからなかったのです。ただ満場一致の票決だけを望んでいたのですわ。議会の半数は議論に応ぜず、耳を貸そうともしなかったそうです。エウセビオスがすっかり話してくれましたの。彼は一同が席に着いたのを見た途端にこれはもう議論してもむだだと思ったそうですの。『それが長い間教えられてきた信仰です』と彼らは言うのですって。『しかし意味のないことだ』とアリウスが言ったそうです。『息子は父親より若くあるべきだ』と。『そこが不思議なところだ』と正統派はそれだけですっか

2 紀元前百五十年頃の兄弟の社会改革家

り説明がついたと言わんばかりに満足しきって言ったそうです。それからレジスタンス・グループもいたそうですの。もちろんみんな彼らにはとても憧憬を寄せていますわ。彼らのやってきたことは確かに素晴らしいですわ。でも目をそらし足をそらしているだけでは神学上なんの役割もなさないと思いますわ。そうではございませんこと？　そしてもちろん、グラックスは軍人ですから、レジスタンス・グループにはある種さらなる敬意を寄せていました。まあそんなわけで彼らを味方に入れ、それとがんこな中西部と辺境地の司教たち——数は多くはなかったけれど、最高につむじ曲がりの連中ばかり——という愚かな金づち頭の一派が勝ちを制して、グラックスは満場一致の票決を得てほくほくで帰ってきたのです。でもいまになって何一つ解決していなかったと悟っています。公会議にかけるなんてこの種の問題処理には最低の方法でしたわ。宮廷内で穏やかに話をまとめてから勅命として発表するべきだったんですわ。そうすればだれも反対する人はなかったでしょうから。でもこうなった以上、是正にはあらゆる種類の技術的困難が待ちうけていることでございましょう。聖霊を呼び出したりするものだから、足もとがぐらついてくるんですわ。便宜上グラックスが片付けてしまうべき問題だったんですわ。つまり、あたくしどもには進歩が必要です。父子類似本質論[3]は明らかに時代遅れです。おもだった人はみんな

3　子＝キリストは父＝神の本質と似ているが同じでないと主張した四世紀のある派

父子同一本質論を支持してます――おや、それともあべこべかしら？ エウセビオスがいれば教えてくれますのにね。彼はいつでも物事をはっきりさせてくれましてよ。神学ってとってもおもしろいけれど、ややこしいところもありますわね。あたくし、ときどき、昔の雄牛の供儀が懐かしくなることがありましてよ、お姑さまはいかがです？」

ファウスタ皇后は反駁される不安なしにいつも自由にしゃべりまくるのになれていた。エウセビオスはしばしば彼女に、問題の把握の仕方が男性的だと言った。だがいま、彼女は概説の終わりに近づいて、少々まずかったかと思いはじめていた。ヘレナ皇太后はいまにも大喝しそうな不満の表情で彼女を見守っていた。

気まずい沈黙ののち、ヘレナが尋ねた。「クリスプスはどうしていますか？」

「あたくしどももはあの子のことを〝ターークィン[4]〟と呼んでいますの。」

「なるほど。別にお節介をやくわけではありませんけれども、わたしは息子や孫は本名で呼ぶ方が好きですよ。」

「ええ、人をあざけることになるからとおっしゃいますのでしょう。とにかく、ターークィンのことはいまのところ大してお話することがございません。どうやら少し悩んでいるようですけど。」

4 紀元前六世紀のローマ最後の王の名

「そのようなことがあるのですか。」

「はあ、あたくしが言ったなどとおっしゃらないでくださいましね。何も聞きただしたことはないのですから。ただ、言えることとは、大してお話することがない、ってことだけですの。お恥ずかしいことながら。あの子はほんとうに魅力的な子供ですわ。」

「近々パラティヌス丘を訪ねてこの目で確かめるとしましょう。」

「はあ、どうぞ。ごらんになってどう思われますやら。グラックスは目下のところだれにも会いません。ときどきそういうムードになりますの。お姑さま、あの恐ろしい騎士の行進の日以来、あたくしはあの人に目を向けることもできませんの。でももちろん、お出かけ頂くのはうれしゅうございます。あたくしの浴室をお目にかけたいですわ。ラテラノから移ってきたおりにグラックスがあたくしのためにこしらえてくれましたの。あれはなんと言っても最高のものですわ。あたくし、いつどこにいても、ほかのところにいるときは、時を浪費しているように思いますの。あそこでなら喜んで死んでいけましてよ。実は、ほんとうのことを申しあげますと、いまもこれから参りますの。毎日午後二時間取らないと、お夕食が何ものどを通らないもので。」

その夜、ヘレナが自室にひきとると、いやなものが見つかった。枕の上に巻き紙があり

『ファウスタは姦婦《かんぷ》なり』と書いてあった。

ヘレナは不快な気持ちでそれを焼き捨て、家内の全員を起こして尋問した。だれもその紙の出所を説明できる者はいなかった。

ファウスタ皇后は自分が悪印象を与えたことにはとんと気づかなかった。それで翌日もニコメディアの著名な司教エウセビオスを伴ってやって来た。「マルシァスを大規模にしたような」とヘレナは彼を一目見たとき思った。エウセビオスはきれいな黒い目をし、素晴らしい声をしていた。そして貴婦人の扱いをも心得ていた。

「わが友ラクタンティウスはいかがしておりますか?」と彼は尋ねた。「そうそう、奥方さま、彼の〝迫害者たちの死〟をどうお考えでございましたか? 正直申してわたくしはあまりうれしい気持ちがいたしませんでした。部分的に、到底、彼が自分で書いたとは思えない箇所があるもので。ぶっきらぼうなといいますか。彼が西方へ行ったのが間違いだったと考えないわけには参りませぬ。」

「トリーアには優秀な若手の詩人が大勢おります」とヘレナが言った。

「もちろん、もちろん、そしてまたそれには彼らに対する皇太后陛下のお力添えがいかに大きいかも存じております。ではございますが、その若手の詩人たちとは、まことラクタンティウスの必要とするような仲間でございましょうかな？　そうした熱心な文化果つるところの詩人と申すものは、豊かな想像力、自然への感受性、素朴な信義を持っており、われわれもそれは大いに賞賛いたすのですが、ラクタンティウスごとき性格の作家は時流の中心に住まねばなりますまい。」

「ではここを時流の中心とお考えになりまして、司教さま？　ローマ人のことは文化果つるところの人々とはお思いになりませんか？」

エウセビオスは優しい謎めいたいちべつをヘレナに与えた。そのまなざしはすべての人の心を捕らえる――いやほとんどすべてというべきか。つまりヘレナの心は捕らえなかった。「陛下は実に率直な方であられますな。一聖職者に対してはかなりな質問でございましょう。もちろん、皇帝が宮廷を構えるところこそ、時流の中心と言うべきかもしれませぬが――わたくしも率直に申しあげてよろしいでしょうか？――遷都ということも耳にいたすのですが。」

「でしょうか？」

「こういうことでございます。ローマには過去があります。ローマそのものが過去でございます。では未来とはなんでございましょうか？　二、三百年先にはもはやキリスト教界の中心だなどとはおかしくて言えなくなっていると申してはいささか性急でございましょうかな？　一大商業の中心であることは疑いもございません。大司教管区は残るかもしれませぬ。つまりあえて申しますれば、儀式上はローマ司教が常に第一位を占めましょう。しかしながらキリスト教文明の光明ということに思いを致すとき、将来それをどこに求めるべきでございましょうか？　アンティオキアか、アレクサンドリアか、カルタゴか。」

「ニコメディアとか、カイサリアとか」とファウスタが言った。

「そのようなつつましい司教管区もまた考えられまする、奥方さま。ですが、ローマでないことは確かでございましょう。ローマ人はキリスト教徒にはなりきれますまい。古い宗教が血の中にしみわたっております。そしてあらゆる社会生活の一部を占めております。もちろん過去十年間に大勢の改宗者がおりましたが、それはだれだとお思いですか？　ほとんどみなレバント人です。都の中核をなす騎士、元老院議員、生っ粋のイタリア人は、本心は異教徒です。みんなただ皇帝がコロセウムで古めかしいショウを再開するのを待っているだけなのでございます。キリスト教徒が肥えるのを見ているのは喜ばしいとも申します。ですから、ときどきこの地に有り金をはたいて途方もない教会を建設するのが惜しいような気持ちさえいたします。どうお考えでしょうか？」

たった一度だけ、彼は直接神学に触れることを言った。「トリーアでは反対派から論戦をはられてお困りになられることはなかったと存じますが。」

「わたくしどもはあちらでは保守的ということになっておりますから。」

「これはこれは奥方さま、つい専門的な質問をして。」

「先ごろは専門家がみな保守的になろうとしていられるようで。あなたもそうでいらっしゃると思っていました。」

「さよう、さよう。われわれはみな従順に多数派にならって投票したのです。誇りをもって思い起こすようなものではございません。帰りぎわに、わたくしは過激なエジプト人の友に申しました。『賢き先人たちも、同じ目に遭いたるなり』と。これがこの男にとって慰めになったとは思いませぬ。ですが、結局のところ多数派とはなんでございましょう？　理性のない感傷の波、思慮のない偏見の塊。人間の判断力はかかる妨害を乗り越えていくものです。トロイをごらんなさいまし。難攻不落と思われたのに、わずかな人間と木馬で攻め落とされました。愚者のとりでも同じようにして滅びることでございましょう。いや、わたくしはニカイアのプリアモスやヘクトルに感銘を受けたわけではございませぬ。」

その夜ヘレナは窓下にメッセージを見つけた。『エウセビオスは異端のアリウス主義者[5]なり。』

「わたしの通信員は確かに聴く耳を持っているようだわ」と彼女は考えた。「でもファウスタについてはどうなのでしょう。」

また別の日にはコンスタンティアが、むっつりとして落ち着きのない、十二歳になろうとする息子のリキニアヌスを連れてやって来た。彼の人生はその私生活において、まるでギリシャ悲劇のごとくさまざまな事件が起こりづめであり、他方乳母やおばや家庭教師たちのかけ声が多過ぎて年じゅうぼんやりし続けだった。かつて光輝あふれる父が生きていたころには、彼の小さな世界に、トランペットの響きのごとくに父が出入りしていた。だがやがて彼の面前では父の名は決して口にされなくなり、彼の世界は静まりかえった。いまでは彼は同じ輝かしい屋根の下に暮らしながら全家族におびえていた。というのも、香り高い婦人がなんとまぎらわしいことに彼のおばであると同時に大おばであったりし、悪意まで二重に受け継いできているように思えるからであった。ときどき気の抜けたようにゲームをしていてふと顔を上げるとファウスタおばの恐ろしい探るような目がそこにある

5　アリウスの説いた説を信奉する者でキリストと神を同質でないとする

ことがある。その顔を見ると彼は体の全筋肉が弛緩して、つい床をぬらしてしまうのだった。この少年は何にも興味を持たなかった。まるでこんな短い訪問で、こんな見も知らぬ土地に来たのでは、何か理解しようとしたところで意味がないと言っているようであった。

「ではわたくしどものお優しい司教さまにお会いなさいましたのですね」とコンスタンティアが言った。「どうお思いになったか、お聞かせくださいませ。」

「むずむず、ぞくぞく。」

「まあ。」

「坊やはどうかしたのですか？　どうしてじっとしていられないの？」

「少し神経質ですの。」

「わたしのせいで？」

「いいえ、いいえ。いつも神経質ですの。どうしてか理由はわかりませんけれど。」

「どこかもっと健康的な場所へ連れてってあげるべきですね。」

「まあ、グラックスから離れることはできませんでしたの。わたくしたちにいつもとても親切にしてくれますので。もし背でも向けたら人がたちまち何か言いますでしょうよ。

人ってそんなものですわ。それにグラックスにわたくしたちのことでつまらない心配をさせるのはたまりませんの。でも王宮はじきにまた東へ移るのではないかと思いますわ。そうだといいと思います。わたくしローマはきらいですの、そうじゃございませんこと？」

「思っていたほどではありませんよ。」

「ローマ人たちは本心からグラックスを認めていないような感じがしますの。このあいだの午後もショッキングな出来事がございましたでしょう。騎士たちが行進したりして。あの、ここにいるのはもとからお宅にいる奴隷ばかりでして？」

「連れてきたのですよ、ほとんど全部。」

「では安心してお話していてよろしいわけですわね。」

しかし彼女は最大の注意を払って口をきいていた。私的公的なあらゆる話題が、さも誤解を招きそうにのろのろと交わされた。やがてコンスタンティアは立ち上がって帰りかけた。

「クリスプスに会いにくるように伝えてください」とヘレナは言った。

コンスタンティアはたじろいだ。「タークィンに？　は、はい、確かに、もし会いましたら。」

「どうして会わないことなどあるのです？　あの子もパラティヌスにいるのではないのですか？」

「はい、でもたいへん広くて、儀式もたくさんありますし、それぞれ別の所帯に分かれていますし。ときにはだれにも会わずに何日もたってしまうこともありますわ。」

その夜、ヘレナが予期していたメッセージは、今度はとびらのすき間に折ってはさんであった。『陰謀者リキニアヌスに用心せよ。』


王室の婦人たちはみな訪ねてきた。ヘレナは礼を尽くしておくべき存在だといううわさが広まったからである。ヘレナはしばしば見物に出かけ、しばしば教会へも行った。だが最初の十日のうちに、運命的にフラウィウス一家の者となった者たちはなんとかやりくりをして彼女に会った。そのひとりひとりに彼女はクリスプスへの伝言を託したが、彼はついにある日、暮れてから、前ぶれなしにやって来た。そして祖母の腕の中に身を投げ、ふりほどいて立ったときには泣いていた。

ふたりは晩《おそ》くまで語り合った。その晩のうちに二度、彼は外のテラスで人の動く音がしたと言い、松明持ちに庭を捜索させた。一度は突然ドアを開け放ったが、見つけたのは廊下でランプの芯を切っている、ガリアから連れてきた忠実な老女中ひとりであった。

「パラティヌスにいる間に異常に神経質になってしまったように思えるけれど」とヘレナが言った。「あなた方みんながそうだわね。あなたまでがあのコンスタンティアのかわいそうな坊やと同じですよ。お父さまと少し話し合わなくてはならないわ。」

「もうここ三週間も父上とは話をしていないんです」とクリスプスが言った。

「もう少し外を出歩かなくてはだめね。」

「最初ローマに来た当時はそうしていたんです。元老院議員が数人ぼくのためにパーティーをやってくれてね。とってもおもしろかった。ローマのパーティーはちょっと変わったところがあるんです。ニコメディアではなんでも堅苦しくて官僚的でしょう。ここではずっとぜいたくで、ずっと気楽ですよ。ここの人たちの方が昔からパーティーをやっているんじゃないかしら。はじめ来たばっかりのころは、ぼくとっても名士だったんですよ。ここの人たちもぼくのこと気に入ってくれてたみたいだったなあ。ぼくの姿を見るとよく拍手してくれたもの。なんだかとっても楽しかった。それなのにいまではどこにも顔が向けられなくなってしまった。」

「何があったの?」

「何もないけど。宮廷では別に何もないんです。もちろん匿名の手紙はいっぱい来たけど。そんなものには慣れちゃうものです。そうじゃなくて何も起こらないから気がめいっちゃうんです。だれも何も言わないのに突然、不名誉な感じがして、みんなが自分を避けてるように思っちゃう。もしどこかで、何かどじを踏むとするでしょ。それでもみんな何も言わなかったらどんな気がしますか？　ぼくはそういうことが他の人にも起こってるのに気づいたことがあるんです。宦官たちにあったことなんだけど。はじめはだれも全然気がつかないみたいに見えるんです。そのうち家族が気がついてみると、その男はまるで出てこなくなってるんです。だれか別の者がその男の部屋にはいってしまっているのにだれも何も聞かないし、その男なんかはじめっからいなかったみたいに毎日が過ぎていくんです。ときにはひょっこりまた姿を現すこともあるけど、どこかへほかの仕事で行っていたなんて。でもたいていは二度と出てこないみたいですよ。

ぼくファウスタがなんだかぼくに敵意を持ってるように思うんです。どういうことかはわからないけれど。前はとっても仲良くしていたんだけれど。実はね、一時は彼女ぼくに気があるんじゃないかと思ったことさえあるんですよ。」

「クリスプス！」

「ああ、ファウスタは年じゅうだれかに気があるんですよ。父上は気にしていないと思うけど。信仰の話ばっかりしてて忙しいから。

それともう一つあるんだけど。ぼくは宮廷のまわりをうろちょろしてる坊主たちが我慢ならないんだ。宦官よりまだ悪い。」

「わたしはキリスト教徒なのよ。」

「うん、知ってますよ、おばあちゃま。ぼくは大賛成ですよ。ぼくはその性質《たち》じゃないけれど、人がどんな宗教でもそれが気に入って持つっていうなら賛成だな。でもこう朝から晩まで異説だ正説だとやるのはねえ。父上は始めたらとめどがないんだから、あれは言葉の意味がわかっていないんじゃないだろうかと疑っちゃうんです、ぼくと同程度に。いままではまるで東方の戦いがそれに関連してたみたいな話になっていますよ。くだらないでしょう。うちの軍隊はキリスト教のために戦ってたわけじゃないのに。みんな父上をかつぎ上げるために戦ってたんだ。そして勝って父上が天下を取ったためにこういう結果になった。それをあとになってから宗教のための戦いだったなんて言われると、ばかにするなって思っちゃう。

それからまだあるんだけど。自分でこう言っちゃなんだけど、ぼくが戦争のときとてもよくやったことはだれでも認めてるんです。ぼくっていざ戦争になると猛烈さえちゃうんだ。だからその功を認めてもらってもいいと思うんだけど。称号なんかはほかの人ほど欲しいとは思わないけれど、もしカエサルを置くのだとしたら、どうしてぼくでないのだろう？　どうしてあのちびのコンスタンティウスなどがなるのだろう？

坊主だけじゃないんですよ。パラティヌスには占い師がいっぱいなんだから——ソパテルにヘルモゲネス、それにニカゴラスなんていう、おっそろしいぺてん師もいるんですよ。父上がニカゴラスを魔術師会議に出席させるため、王室の要人としてエジプトに送りこんだのをご存じでしたか？　ほんとのところパラティヌスの生活はもうめちゃくちゃですよ。ぼくはもう十回以上軍隊に再入隊させろと申し出ているんだけど、なんの返事も来ないの。ある宦官が書類を持っていったきり、なんの音さたもないままなんです。」

こうしてクリスプスは長いこと胸の中にたたんでいた不平をあらいざらいぶちまけ、ヘレナの心はこの迷える英雄をひとしおいとおしんだ。やがて彼女は言った。「たいていみんなあなたの想像ではないかしら。もし何か悪いことがあったら、口に出して言ってみるとよくなるものよ。お父さまはいい方ですもの。そのことは覚えていてちょうだい。ひとりでなんでもひき受けてきては悩むようなところがあるのだし、きっと悪い忠告者がついているのですよ。でもわたしは息子を信じます。あの子には意地悪なところは一つもありませんよ。すぐにわたしが行って会ってみましょう。そしたらきっと何もかもよくなるわ。」

というわけでヘレナはついにパラティヌスに赴きたいからコンスタンティヌスにその訪問に合わせて一時間を取ってほしいという、きっぱりした手紙を送った。

衛兵が八列になって待ちうけ、階段にはペルシャのじゅうたんが広げられていた。ヘレナがかごからおり立つとトランペットが皇礼を吹き鳴らした。コンスタンティヌスがそこにいて彼女を抱擁した。

この前会って以来、ほぼ二十年の月日が流れていた。

背の高さと姿勢正しい身ごなしをのぞいては、この世界の征服者は特別軍人的とも思われなかった。首から下は満艦飾である。王室の紫の陣羽織には金の針金で編んだ花柄のレースがつき、ところどころに不定形の真珠がさささり、じゅうたんを敷きつめた床にさらにじゅうたんを置いたようにどっしりとしていた。袖なしなので、腕の部分からは下の衣装がのぞいているが、それはまた孔雀色で、先にはフリルのレースと、宝石のたくさんはまったきめの粗い手がのぞいていた。陣羽織の上は金とエナメルの幅広いカラーという太い首にふさわしい量感のあるものがついている。そのカラーの細かい模様は、どことなく福音とオリンポスの山の物語を思わせるものがあった。カラーの上にはいまや父のそれと同じく青白くなった顔がある。紅をさしているが単なる上塗りで、野営の日焼け顔に似せる工夫は何も施されていない。顔の表面にいくばくかの動きがあった。皇帝は微笑しようとしていた。

だが、ヘレナの注意を最初に捕らえたのは、これらのいずれでもなかった。

「懐かしい坊や、頭の上にのっているのは一体なんなの？」

カラーの上の顔が驚きの表情を示した。

「わたしの頭の上に？」彼はまるで誤ってそこに止まった小鳥か何かを追い払おうとでもするかのように手を上に上げた。「何か頭にのっておりますか？」

ふたりの廷臣が駆け寄った。ふたりともコンスタンティヌスより背が低いので、何がまずいのか見るためにひょいと飛び上がった。さして形式ばらずにコンスタンティヌスはふたりの前にかがんだ。「一体なんだ？　なんでもよいから早く取ってくれ。」

廷臣たちは首をのばしてのぞきこんだ。ひとりは指を上げて触れてみた。そして互いに顔を見合わせ、皇太后を惨めな狼狽ぶりで見やった。

「その緑のかつらですよ」とヘレナが言った。

コンスタンティヌスは背をのばした。廷臣たちはほっとした。

「ああ」と彼は言った。「母上、びっくりするじゃありませんか！　これは今朝ちょっとのっけてみただけです。たくさん集めていますから。おっしゃってくだされば お目にかけます。非常に美しいものもあります。きょうはお出迎えするのに急いだもので最初に手に触れたものをかぶったのです。お気に召しましたか?」彼は心配そうに尋ねた。「顔が青白く見えはしませんか?」そして彼女の手を取って廷内に導き入れた。「旅のあとでお疲れではありませんでしたか?」

「カエリウスから来ただけではありませんか。」

「いやトリーアからの旅を言っておるのです。」

「もうローマに来て三週間になりますよ。」

「それは聞いていなかった！　どうしてわたしの耳にはいらなかったのだろう？　昨日母上の手紙を受け取るまでは、お着きになったとは少しも知りませんでした。母上のことはたいへん心配しておりましたのに。さあ、正直に言ってください――だれも正直に言ってくれんのです――わたしを見てどう思われるか?」

「青白いです。」

「その通り。わたしもそう思っていた。みんなはいつも元気そうだと言いおる。そう言っては酷使する。」

コンスタンティヌスは儀式用のゆるやかな階段のついた控えの間を抜けて彼女を案内した。歩く道筋には何列もの人が並んでお辞儀をしている。ヘレナはふたりだけで親しい会話が交わせるものとばかり思ってきたのだったが明らかにそれはコンスタンティヌスの意図するところではなかった。彼女はやがて王座の間に導かれた。コンスタンティヌスは王座に着き、彼女を右手にある、彼のよりもややりっぱさに欠ける席に手招きした。歩いてくる途中で加わってきたファウスタは彼の左側に座った。それから廷臣たちが、それぞれにふさわしい会釈の仕方をして、まわりや後ろの席に着いた。

「仕事、仕事」と十三番目の使徒[6]が言った。

「あなたとお話がしたいです」とヘレナが言った。

「わたしも同じです。母上。しかし義務が先です。建築家たちはどこにおる?」

こういう儀式の創始者であるディオクレティアヌスと違って、コンスタンティヌスは、全廷臣を集めて事務を処理するのが好きであった。ディオクレティアヌスにとっては壮麗

6　コンスタンティヌスのこと

なページェントは息抜きであり、堅苦しい日課の合間の、ものを考える余裕であった。彼の真の相談や決断はテントほども大きくない書斎の中でひとりの目撃者もなく行われた。不安定な人生においてそうすることが、それぞれの段階の秘密を守ることだと考えたからであった。一方コンスタンティヌスは、宮廷の礼拝式こそが王の尊厳を如実に示すものだとした。そして秘密はさらに暗いところに秘められていた。

「この者たちは、わたしの凱旋門を建設している者たちです。」彼は侍従が、はだしで、粗末な衣服をまとっているが、それでもなお並みいるきらびやかな廷臣たちに囲まれてある毅然たる態度をもった三人の男をご前に連れてきたとき、そう説明した。

「もはや十二年になる」とコンスタンティヌスは言った。「予が命を出してから——元老院が愛想よく予に賛成し、凱旋門を作る票を投じて以来のことだ。何ゆえに仕上がらぬのか?」

「工務課が労働者をよそへ回してしまうのでございます。石工は当節、少なくなっているのでございます。手のすいている者はすべてキリスト教の神殿の方へ回されてしまいます。しかしながら、それにもかかわらず、工事は事実上どの点からみましても終了いたしております。」

「昨日予が自分で行ってみた。終わっていなかったぞ。」

「ある装飾のとりつけだけが……。」

「ある装飾のとりつけとは。彫刻であろう。」

「はい、彫刻でございます。」

「まさにそのことを話したいと思っておるのだ。ひどいにもほどがある。子供でももっとましにやるであろう。あれはだれがやった?」

「ティテゥス・カルピシウスでございます。」

「ティテゥス・カルピシウスとはだれだ?」

「申しあげます。わたくしめでございます。」三人組のひとりが言った。

「陛下」とファウスタが言った。「カルピシウスを覚えておいででございましょう。彼のことはあたくしからたびたび名まえを申しあげていましてよ。いま最高に有名な彫刻師ですわ。」

　コンスタンティヌスは聞こえないらしかった。彼はその芸術家を——決して青二才ではない、充分な中年に達し、額が広くなっている——しかめっ面で見すえ、それを見て、長官や将官がふるえた。カルピシウスはファウスタをちらと見て腹を立てなかったことを知らせて安心させ、皇帝には穏やかな忍耐ぶりで接した。

「では、そちが、昨日予の見たあの怪物を作った責任を取るのか。ではあれが一体何を意味しておるのか説明できるのであろうな。」

「できるものと存じます。あのご門はここにおられますわたくしの友人エモルフス教授のお考えになられたものでございますが、ご承知の通り、昔ながらの輪郭の上に、近代感覚に合わせた修正を施したものでございます。さて門と申しますものは、いってみますれば、大きな塊に穴をあけたものでございます。そしてこの場合、塊の部分の表面が、エモルフス教授のお考えによりますとどことなく単調だということでございました。おわかりいただけますかどうか存じませんが、目の表情がしっかりしていないということで。それで陛下のご指摘なされました装飾を施すことにより、それを救ってはという提案がございました。わたくし自身は結果にかなり満足いたしております。非常に影が強調されておりますのにお気づきでしたでしょうか？　あれがデザインの静的な質を減じておりますでしょうか？　そのような批評は耳にいたしました。」

コンスタンティヌスはこの説明の間、じっと我慢していたが、やがて冷やかに尋ねた。

「そのような批評を聞いたと？　お前の人形は生気がなく表情もない、ダミーのようだ。

馬は子供の玩具のようだ。全体として品もなければ動きもない。蛮族の作品でももっとましなものを見たことがあるぞ。しかもだ、あの中には、いかにも予に似せて作ったと思われる人形があったぞ。」

「わたくしはどなたの肖像にも似せたつもりはございません。」

「それは一体どうしてだ?」

「あの彫刻の目的ではないからでございます。」

コンスタンティヌスは左を向いた。「この男をローマ一の彫刻師だとか申したな?」

「だれでもそう申します」とファウスタが答えた。

「お前はローマ一の彫刻師か?」

カルピシウスは、かすかに肩をすくめた。沈黙が流れた。やがてエモルフス教授がやや勇敢に口をだした。「陛下がお心のうちにお持ちのアイディアをお教えくだされば、そのデザインを取り入れることもできると存じまする。」

「では心にあることを申そう。トラヤヌスの凱旋門を知っておるか?」

「もちろん。」

「あれをどう思う?」

「あの時代のものとしては結構です」と教授が言った。「かなりよいものです。しかし最高ではございますまい。多くの点におきまして、わたくしはベネベントの門の方が好きでございます。トラヤヌスのご門も確かに素晴らしくはございますが。」

「予の心にはトラヤヌスの門があった」とコンスタンティヌスは言った。「ベネベントの門はまだ見たことがない。ベネベントの門には少しも興味はない。」

「陛下には是非ともごらんいただきとうございます。台輪の部分が……。」

「予は、トラヤヌスの門に興味を持っておる。あのようなものが欲しい。」

「でもあれは——どのくらい昔かしら——二百年以上昔のものですわ」とファウスタが言った。「そのようなものを今日お作りになっては。」

「なぜいかん?」とコンスタンティヌスが言った。「言うてみい、なぜいかん? わが帝国はかつてないほど大きく、繁栄し、平和になっておる。あらゆる公的な挨拶ではいつもそう聞かされておる。それなのに、トラヤヌスの凱旋門ごとき簡単なものを欲しいと言うと、ならぬと申すのか。なぜいかん? お前は」と再びカルピシウスに向き直り「あのような彫刻はできんのか?」と尋ねた。

カルピシウスはいささかも臆せずコンスタンティヌスを見た。二つの異なる誇りが相入れることなくここに対決していた。ふたりの堅苦しい人物が顔を見合わせて立っていた。

「だれか模造できる者がいるとは存じますが」と彼は言った。「少しも意義のあることではございませんでしょう。」

「意義などかまわん」とコンスタンティヌスは言った。「お前にはできるのか、できないのか？」

「そっくり同じものでございますか？　あのものは、陛下がお気に召される召されないにかかわらず――わたくしは個人的にはかなり気に入っております――技術的にかなりの妙技と見られるタイプの彫刻でございますが、しかし近代的な芸術家は……。」

「お前にはできるのか？」

「できません。」

「ほう、ではだれにできる？　だれかほかの者を捜してくれんか。エモルフス教授、予の望むのはいかにも兵士らしい兵士のいる戦争の場面と、女神――それも伝統的な象徴の形をした――伝統的な象徴らしく見えるものだ。そういう仕事のできる者がひとりぐらいローマにいるだろう。」

「それには技術もさることながらビジョンも問題でございます」とエモルフス教授が答え

た。

「ふたりの人間にひとりの兵士を見せて同じように見えるものでございましょうか？　陛下が兵士をどのようにごらんになられているかだれにわかりますでしょう？」

「あたくしにもそう思えますけど、いかがですか？」ファウスタが言った。

「予はあのトラヤヌスの凱旋門にある兵士そのものを見て言っておるのだ。この広い帝国にあれと同じ兵士を作ってくれる者はひとりもおらんのか？」

「いかがなものでございましょうか。」

「それならかまわん、行ってトラヤヌスの門の彫刻をひきはがしてきて、予の門にくっつけろ。さあ、すぐにやれ。きょうの午後に始めろ。」

「大人らしい口のきき方をなさいな、息子や」とヘレナが言った。

ほかに、人情に関係しない、もっと事務的な仕事があった。コンスタンティヌスは自分が働いているところを人に見られるのが好きなのだった。ヘレナはいらいらしてきた。

「息子や、わたしはあなたに会いにきたのですよ。モエシアの財務行政長官にではありません。」

「すぐ済みますよ、母上。」

「あなたとクリスプスのことを話し合いたいのです。」

「うむ」とコンスタンティヌスは言った。「あの子はなんとかせねばなりません。しかしいまはまだです。さあ今度は祈祷式です。わたしが始めた慣例です。きっと満足していただけますよ。」

小さな鐘が鳴り、宮廷はその準備を整えた。何人かの役人がひれ伏してホールを出ていった。「異教徒どもです」とコンスタンティヌスが説明した。正面のとびらはすべて閉ざされた。助祭たちが聖具安置所より燭台、香炉、読書台、極彩色に浮き出し模様を施した巨大な祈祷の書物を抱えてはいってきた。用意が万端整うと、まだあのエメラルド色のかつらをかぶっているコンスタンティヌスは王座をおり、香の煙の中を導かれて聖書台に向かった。まず一同で賛美歌をうたった。それからコンスタンティヌスが最近この場に備えて練習した特別の声色を使って効果的に一同に説いた。「祈ろう《オムレス》」と言ったあと詳しい自伝を述べ、その中で現在の王位に対する神の祝福に感謝を捧げた。自らの高貴なる出生と最高権力者にふさわしい卓抜した能力、子供時代さまざまな病から彼を守ってくれた神の摂理、軍人として果敢なる功績をあげるにあたっての健康保持などに触れ、自らの抗すべからざる権力の上昇と多くの好敵手の消滅を略説した。将軍としてまた政治家としての己が手腕に、両方の場合の例を挙げて感謝した。最近の事件に至っては、その日の午後の出来事をすべて、母の出席も忘れず、モエシアの財務行政長官の申し分ない報告、彼の凱旋門のデザインの結果……などに触れ「わが主キリストにより《ペル・クリストゥム・ドミヌム・ノストルム》」と結び、宮廷は「アーメン」と唱えた。彼はそこで、聖パウロの書簡の一節を朗読し、簡単にその意味を要約し、香炉のカタカタという音だけしかない静寂の中で、頭を垂れ、両手を握りしめて王座に進み、すぐその背後にあったドアから出ていった。ファウスタがするりと席をはずしてあとに従った。

ヘレナはふたりの後ろ姿をちらと見ただけだった。

「どこへ行ったのです?」彼女はコンスタンティアに尋ねた。

「私室ですわ。」

「たくさん話したいことがあるのに。」

「まあ、でもきょうはお会いになれないのではないでしょうか。お説教は素晴らしくございませんでした? ほとんど毎日あのようになさいますの。素晴らしいことですわ。」

私室はどれも窓がなく宮殿の中央部にずらりと並んでいた。その一つであるランプのともった書斎の中で、コンスタンティヌスとファウスタはふたりの新来の魔女と会見していた。ふたりともニカゴラスの推薦状を持って最近エジプトから送り届けられたもので、ひとりは老婆、ひとりは少女で、両方とも黒人だった。少女の方が夢幻の境にあってテーブルの上で彫像のように身を硬くし、なにごとかわけのわからぬことをつぶやいている。

ファウスタは前に一度これを見たことがあるので司会役を務めていた。

「彼女は完全に無感覚ですわ。針を刺しても平気です。やってごらんなさいまし。」

コンスタンティヌスが刺した。ヒステリックな症状が続いてつぶやき続けていたが、不快の徴候は現れなかった。

「おもしろいではないか。」コンスタンティヌスも認めて、また刺した。

「日常生活ではこの娘は自分の国の言葉しか知りません。それなのに無我の境になるとギリシャ語、ヘブライ語、ラテン語をしゃべります。」

「ほう、どうしていまはしゃべらんのだ?」と皇帝が不平たらしくきいた。「なにを言っておるのか全くわからない。」

「しゃべらせてごらん。」ファウスタが老婆に言った。

老婆は霊媒の鼻をつまんで、そっと頭を左右に揺さぶった。

「何か物を要求しているのであろう」とコンスタンティヌスが言った。「決まってそういうことだ。」

「お手当はもう充分にいただいております。」

「ふむ、それだけしかできないなら、もう帰してしまえ。人に針を刺すくらいなら、いつなりと望むときにできる。飛びはねている者にもだ。その方がずっとおもしろい。」

突然に娘がむっくり起き上がり、大きな声でラテン語をしゃべりだした。「神聖なる皇帝がたいへんな危険にさらされている。」

「うむ」とコンスタンティヌスがつまらなそうに言った。「知っておる。知っておる。みなの者が言っておることだ。して今度はだれだ?」

「キス・クリップ・クリス・キップ・クリプ。」魔女はあわをふき、またテーブルに倒れてしまった。

「どうやったら起きるか?」コンスタンティヌスが尋ねた。

「キプリスシピスクリプシプ。」

「起こしなさい」とファウスタが言った。

年長の魔女がかがんで、娘の魔女の耳に息を吹きこんだ。いままで隠れていた目玉が現れてきた。まぶたは閉じたままで、娘はいびきをかきだした。年寄りの魔女は反対の耳にも息を吹きこんだ。娘は起き上がり、立ち上がり、ひれ伏した。

「連れていきなさい。」ファウスタが言った。

ふたりの黒人の女はよたよたと出ていった。

「ニコメディアで持っていたのほどよくないな」とコンスタンティヌスが言った。

「でもあの男はぺてんでしたわ。」

「それで今度のは違うと申すのか?」

「どうお思いでした?」

「そうだな。まあしばらく置いてやれ。ときどき会ってやるがよい。何かよほどおもしろいことがあったら報告してくれ。」

「あたくしは、彼女がクリスプスのことを言おうとしたのではないかと思います。」

「ほう、それをどうして言わなかった? このごろでは予に気のきいたことを言うやつはいなくなった。」

ファウスタはすっかり気落ちして、世界一ぜいたくな彼女の浴室へ行った。かぐわしい湯気の中に身を横たえながら、〃父子同一本質論〃と〃父子類似本質論〃に心を集中しようとした。しばしばこれらの不思議な言葉は彼女の心を静める力を持っている。だがその日はだめだった。

「ああ、よかろうぞ。リキニアヌスも」とコンスタンティヌスが言ってため息をついた。「ほかには?」

「コンスタンティア」とファウスタが魚のように冷やかに言った。「コンスタンティヌス、ダルマティウス・アンニバビアヌス、ダルマティウス・カエサル、ダルマティウス・レックス、コンスタンティウス・フラウィウス、バシリナ、アナスタシア、バシアヌス、エウトロピア、ネポティアヌス、フラウィウス・ポピリウス・ネポティアヌス。」

「それで全部か? おや、フラウィウス・ポピリウス・ネポティアヌスはつい昨日洗礼を受けたばかりではないか。予が名まえを選んでやったのだ。」

「全員まとめてプーラへ送るのがよろしいですわ。その方が長い目で見るとトラブルが避けられます。」

「トラブルか。」コンスタンティヌスは怒って言った。「ローマへ来て以来、トラブル以外に何もありはしない。そなたは予をいいようにこき使うな。おまけに予は再生の秘蹟の説教の準備もしなくてはならない。みなが大いに期待しているのだ。前に一度あまりうまくやったものでな。クリスプスとリキニアヌスも行ってよい。ほかは残ってもらうとしよう。」

彼は命令書に自分の名まえを書きなぐり、かつらをひょいとかぶって専用祈祷室へ足を引きずって出ていった。

円形宮廷でごく簡単にクリスプスとリキニアヌスが特命を帯びて外地へ赴いたむねが発表された。それが何を意味するのか、だれもがわかっていた。パラティヌスではだれもこの事件のことは口にしなかった。外のもっと自由な世界では何人かの愛国者たちがワインのつまみにこう語り合っていた。「どうしてリキニアヌスがねえ？　次はだれだ？」

巷ではこういう対句が流行した。

「英雄の　黄金時代は　ごめんだね。
　ネロの　ダイヤか　ルビーがいいね。」

だが好奇心はそれほどにわかなかった。長年の間にローマ人たちは、バルカンからやって来て、自ら滅びていく残忍で抜け目のない家族たちの継承問題には慣れっこになっていたのである。祝祭も、幸いにして、ほぼ終わりかけていた。やがて宮廷がこぞって都をあとにし、それぞれの関心事に立ちもどる日も遠くなかった。

パラティヌス宮では、全員の胸の中に、語られざる質問「次はだれか?」があった。この方が「どうしてリキニアヌスは?」よりずっと現実的な疑念だったが、日数がたち、廷臣たちがこわごわあたりを見回すごとにわかるのは、全員が依然同じ場所にいることだった。どうやらこれは純粋に家族的な事件であったらしかった。

コンスタンティヌスは姿を現さなかった。例のよくあるムードに浸っているのだと言われていた。もはや説教もなかった。ファウスタだけが出入りを許されていた。高官たちは彼女を通じて仕事をしなくてはならなかった。彼女に書類を渡すと、ぽつぽつと署名したものがもどってきた。彼女独りが皇帝の状態を知っていた。

彼らとても前に何度もこの種の憂うつムードすなわち皇帝がファウスタとふたりだけで閉じこもってしまうのを経験したことがある。だが今回のものは以前にも増して深く重症のように思われた。しかも突然にそういう状態になった。彼はクリスプスが出立してからの数日間は最高に物柔らかで、説教は最高潮のピッチで行われた。それがなんの警告もなしにいきなり全聴衆を袖にし、部屋にひきこもってしまったのだ。以来、肌着のまま何時間も、薄暗いランプの光の中に横たわり、かつらもかぶらず、化粧もせず、涙を浮かべ、断続的に憂うつにとりつかれてぼんやりするという。ファウスタはそばに付き添っていた。彼に空想をほしいままにさせておいてよい場合ではなかった。

この変化が起こってから三日目、囚人船がすでにプーラに着いたころ、彼は呼びもどしを命じた。クリスプスに話がしたいのだと言った。あまりたて続けに頼むので、ファウスタはついにあと先のことも考えず彼の息子の死を明かしてしまっている自分に気がついた。どうして死んでしまったのだ？　ファウスタはダルマティアの沿岸に疫病が発生したという話を即席にでっちあげた。クリスプスがどうしても上陸すると言ってきかず、十二時間以内に死んでしまい、伝染を恐れてただちに火葬に付されたと。

コンスタンティヌスは悲嘆の発作に見舞われ、それからさらに詳しい説明を求めた。どんな徴候であったのか？　どのような手当てが試みられたか？　立ち会った医師たちの名まえと資格はなんだったか？　悪だくみの疑いはないか？

ファウスタは、クリスプスひとりがかかったのではないと話した。従弟のリキニアヌスも倒れたし、ごく親しい側近の者も何人かかかった。猛毒性の疫病だったのだと。

この話でコンスタンティヌスはしばらく慰められたようだった。だが横たわったままつぶやき続けた。「鼠蹊《そけい》部がはれて……黒血を吐いて……昏睡……腐敗。」やがて何時間かして彼は言った。「そのような死に方をさせるつもりはなかった。全く異なる、全く明快な方法で殺すつもりで命令を出したのだ。」

「あれは殺害ではございません。あのふたりは反逆罪で追放されたのです。必要なことだったのです。」

「いや必要ではなかったのだ」とコンスタンティヌスが厳しく言った。「早まった。あまりにも早まった。さもなくば、そのようなことは起こらずに済んだはずだ。」

「あなたのお命か、彼の命かということです。」

「どんな違いがある？」

容易に答えられる質問ではなかった。コンスタンティヌスは繰り返した。「違いを言うてみい。何ゆえ予だけが他の者をさしおいて生きる〝必要〟がある？」

「あなたは皇帝です。」

「そなたの父もそうであった。だがそのことは彼を生かしておかなかった。予が殺した。獣のごとき人でなしであったが。」

マクシミアヌス皇帝の獣性が気休めの話題となったようだった。コンスタンティヌスはつまびらかに語り、ファウスタはおとなしくうなずいた。それから彼はまた長い沈黙にもどった。その夜もその次の日も。そして口を開いたときはまた先の話題をむしかえした。「だれもかれもが予に生きることが必要だと申す。そうかも知れぬ。その点については万場の賛同が得られるようだ。しかし予にはその理由がわからない。」

かくて暗黒のムードの日々が続いた後、やっと彼はこう言った。「母上はまだローマにおられるか?」

「そのようでございます。」

「なぜ予を見舞いにきてくださらんのだ? 予がこれほどに具合の悪いことを聞いておられように。母上が何ごとか予のことを怒ってでもおられると思うか?」

これはファウスタが何はさておき回避したい質問であった。皇太后は事実、非常な立腹で、特にクリスプスの死の公示以来は毎日パラティヌスを訪れて息子に会わせろと要求していたのだった。みんなはコンスタンティヌスがある暴動を鎮めるため呼び出されていってしまったのだとか、凱旋門のアイディアを集めにベネベントへたったとか言ったが、ヘレナはそのどれをも信じなかった。ボアディケアの血筋をひく彼女は、ちょこまかと小股で歩く宦官や高位の聖職者たちに先導させて宮廷じゅうの部屋から部屋を歩きまわった。ただ不可解な複雑さを持つ宮殿のつくりが、いまになって彼女を当惑させていた。それでもいつかはコンスタンティヌスの私室の入り口を見つけることができようし、そうなったら、番兵などいてもたじろぐものかと考えた。

「お姑さまはクリスプスをとてもかわいがっておられましたから。」ファウスタが思いきって言った。

「うむ、当然のことだ。母上が育てたのだからな。とてもかわいい男の子だったのだ。」

ファウスタが自分の途方もない過失に気づいたのはそのときだった。

「疑われてなりません」と彼女は言った。「母上が今度の陰謀のことを何もご存じなかったのだろうかということが。」

その語調がコンスタンティヌスの混乱した頭の中に響いた。聞き慣れたあの独特の響きを持つ語調であった。これまでに何度ファウスタはいまのこのしゃべり方で、秘密を明かしてきたことか？　この二十年間の結婚生活の中で、黙って耳を傾けていて、戦友——主として悪事を働いた——がめった切りにされたり、首を絞められたり、毒を盛られたりして次々に殺されていった訃報を何度聞かされたことか。彼は何も言わなかった。彼女は先を続けた。「クリスプスがお姑さまをセソリアン宮に訪ねたことはみな知っております。陰謀が頭に浮かんだのはまさにお姑さまがローマに着かれた当時のことでしょう。」

　コンスタンティヌスは何も言わなかった。ファウスタは間の長さには慣れている。やがて話題をつなげるために彼女は尋ねた。「お姑さまはもともとどちらから来られた方ですの？　だれひとり知る者がないようですが。」

「ブリタニアだ。父上の数少ない秘密の一つだった。」それからコンスタンティヌスはまるでそれまでのふたりの会話を忘れてしまったかのように、その寂しい島のこと、ヨークの小さい城壁、その土地の詩情豊かな伝説の話を始め、いつか是非また行ってみたいと言った。

　ファウスタには最初の試みが失敗に終わったように思われた。種まきのようなものだと彼女は思った。福音書にある種まき人のようだ。ときには種は石のような地面に落ちることもある。もう一度試してみなくては。とにかく、その午後黙って横たわって彼女を見ていたコンスタンティヌスは、彼女が入浴を終えてすがすがしくユーモアを取りもどしてはいってきたときにもやはり同じこわばった視線を投げただけだったので、彼女はさっきの暗示は悟られずに済んだと判断して喜んだ。老皇太后は深刻な危険ではなさそうだ。じきにトリーアへ帰って二度と会うこともあるまい。よほど決定的で直接的な利点がある場合を除いては危害を加えないに限る。だがその簡単なルールを越えて、ファウスタは災厄いや破滅ともいうべき種をまいていた。

　ファウスタは風呂から出て香油でつややかにかぐわしくなっていたからコンスタンティヌスにはこれまで以上に彼女の存在が感じられてよいはずであった。ファウスタは彼が愛を求めるのではないかと思った。ときどき彼の暗黒のムードはこんな日に終わることがある。彼女は誘いをかけた。彼は無視した。またしても石のような地面。いやそうではない。コンスタンティヌスには何ごとか思うことがあった。彼はファウスタはすでになきものになったと考えていた。

　その夜コンスタンティヌスは魔女を呼んだ。ファウスタは浴室内での瞑想の中で、彼女らはもはや役に立つことはないと考えた。今回かぎりであのショウも終わらせねば。そうするとしよう。

　少女は二、三回手を動かしただけで催眠状態にはいった。過去に何度となく運命の神おろしの前にやったのと同じくもがき、うめき、つぶやいた。コンスタンティヌスはじっと見守った。やがて彼女はいつもの通りに言った。「聖なる皇帝が危険にさらされている。」すべてが規定通りに行われた。少女はぴんとこわばって座り、いまにも絶えそうな息をし、再三再四、前に見たごとく歯をくいしばり、目玉が上を向いている。やがて変化が現れた。少女は汗をかき、体の緊張をゆるめ、微笑し、ゆっくりと目玉を回し、そっとリズミカルに体を揺すってテーブルをたたきはじめた。老婆は困った顔をしてファウスタにささやいた。

「何かまずかったそうですわ。老婆が、もう起こした方がいいと言っています。今夜は予言はできないそうです。」ファウスタが言った。

三人の立会人には聞こえない音楽が、ピラミッドの向こうから太鼓となり、あるいは楽の音に酔う居酒屋から物悲しい調べとなって流れてきて少女の心臓に響いた。彼女は時間と空間の土手道を外れて道のない沼にはいりこんだ。もはやだれの手先でもなく、まるで殻から抜け出たばかりのひよこのように無防備だった。こうして手探りさまよううちに、興奮した少女は突然に悪魔にとりつかれた。若い唇が大きく開いて長年責めたてられてきた予言の声がもれた。柔らかいリズミカルなタムタム太鼓の音のような、甘く低い恋の歌のような。

ジビオ！　ビバ！　アリバ！　ハイル！
ラインからナイルの　どえらい頭《かしら》
手に入れたのは　二体の神とふたりの妻と
百万の命が買える銭《ぜに》の山。

世界と都のために　骨を粉にし
阿呆のように　子猫を拾い
とびきりの肉をがつがつ食った
ヘレナの島のどえらい頭。

運命の男　嘆きの男
だれにも愛されない　どえらい頭
世界は頭の赤ん坊　だが赤ん坊は悲しむ。
それで世界をなくし　命も仰山なくなした。

蛇の目に射すくめられて　財産全部なくなした
ヘレナの島の世界まで。

たったひとりで海を見つめる
こんな悲しい頭は見たことない。
何マイルも何マイルも　海ばかり。
ブリトンの策略でいい気になって
無実の罪で幽閉されて
ヘレナの島で　やせ衰える。
さらば《アーウエ》　さらば《アトクエ》　さようなら《ウァーレ》ハイル！

少女が歌い終わり、老婆の魔女は卑屈な顔で主人たちを見やった。それから少女の耳に息を吹きこみ、体を揺さぶって、母国語で厳しい命令をくだした。
「もう充分聞かせてもらった」とコンスタンティヌスが言った。「帰らせてもらおう。」そして数週間ぶりにはじめて彼は私室を出た。

「あの少女はずいぶんと素晴らしい術を見せてくれましたこと」とファウスタが言った。

「まことに素晴らしかった。」

「あの中で〝ブリトンの〟策略とか言っていたのをお聞きになりまして?」

「聞いた。」

「だれも知らないはずでございましょう、彼女たちにしても、お姑さまのことは?」

「予とそなた以外にはだれも。」

「ではあれが、あの少女が本物だという確実な証拠でございますね。」

「確実な証拠か」とコンスタンティヌスは言った。

彼は政務をとり行う大ホールへ行った。かつらを取りにやらせた。書類も取りにやらせた。廷臣たちがまわりに集まった。恐るべき速度で彼はおもだったいくつかの事件にけりをつけた。皇帝のふさぎムードが晴れたというニュースがいたるところに流れた。

侍従長が皇帝に面会を申し出ていた者のリストを持ってきた。

「皇太后が毎日か?」

「毎日でございます。」

「明日お会いしよう。それと凱旋門の視察もするとしよう。建築家たちに現地で会えるよう呼び出しておけ。きょうは祈祷は行わない。」

皇帝はおりおりの極秘の事務に携わる将校とともに退出した。

「あの魔女どもだが」とコンスタンティヌスは言った。「ニカゴラスの送ってよこした黒人の女どもだ。もはや用がなくなった。」

「了解いたしました。」

「彼女らは監禁してあったのであろうな?」

「はい、さようで。こちらに着いて以来ずっと。」

「そうか。では処分してくれ。」

「了解いたしました。」

「彼女らはだれにも会っておらんな?」

「皇后さま以外は。」

「ああ、皇后か。皇后のことでも話がある。ただいまはどこにおるか?」

「浴室と存じます。いつものお時間でございますから。」

いつもこの時間に、ファウスタはたったひとり、素っ裸でゆうゆうと熱の間《ま》にあって曇りのない鏡を見つめて――熱気は砂漠のそれのように乾いている――己が丸い、湿り気を帯びた、のどかな顔を見て、瞑想していた。

結婚して二十年、間諜たちに囲まれ続けてただの一度も間違いを犯したためしがない。六児の母にしていまだ――確か？――人に望まれるこのわが身。まだ四十にはならぬ世界の愛人。

ごく最近、家具職人が繊細なアフリカの山羊皮を使ってこの小さな室の敷物やクッションを仕上げたばかりだった。材料はなめし皮の逸品で絹のように柔らかく、不浸透性で、皮特有の香りは、びゃくだん油に浸して消してある。

この熱で乾燥した室はその性質上最も簡素なところである。美術品は浴泉やエクセドラ[7]においてある。ここではドアまでが簡素でなくてはならなかった。ブロンズは熱くなり過ぎ、最初デザインされた象牙やべっこうの象眼細工は粉々に割れてしまった。いまのドアは単なるみがいた杉の平板である。だが壁と床と天井はエモルフスの絵画から取った凝った模様で、ペルシャのじゅうたんのようにまばゆい。世界じゅうの宝石細工人がこの室の建築に際して最もあでやかな色彩と珍しい肌のものを献納したのであった。

ファウスタは汗が乳房の間をつと流れて臍《へそ》を囲むのを見ていた。満足だった。この世で

7 浴後涼を入れながら談笑する半円形の凹所

敵より生き長らえるということはなんたる幸せであろう。親しい司教をすぐ手元において事をなし、必要とあればすかさず次なる永遠の至福を求めればよいのだ。古代の物語のどの女主人公がファウスタのような特権を行使でき得たろう？

だがそれにしても釜たき人は今宵は少しがんばり過ぎているようだが？

彼女はその夜の神おろしの予期せざるドラマを回想した。どうしても自然な、合理的な説明がつきかねる。神霊に感じた者ならば、あの少女は人に促されず、下準備なくファウスタが逡巡しているところへ進み出て、まさに言って欲しいと思っていたことを言ったのだと言うかもしれない。しかもファウスタはあの少女を絞殺しようとしていた矢先なのだ。まさに超自然の驚くべき事実としか取りようがない。司教が言った通り、ケルビム、セラフィムなど守護天使のいる夢のように恵み豊かな国があるというのは真実だったのだ。天はミルヴィアン橋でコンスタンティヌスに語りかけたごとく、今度はあの少女に語りかけたのだ。

だがほんとうにひどく熱くなり過ぎる。ファウスタはベルを鳴らした。

いつもならばすぐそばに侍るはずなのに、いまばかりは奇妙に遅い奴隷を待ちながら、ファウスタは、この楽しい謎に思いを馳せ続けた。何ゆえにこのあたしは、多くの女の中で、独りこのように特権を許されるのだろう？ 世界におけるこの高位への天の貢物《みつぎもの》だとは言いきれまい。事実その点に思いを致すならば、神の摂理は王家をあまりにも派手にないがしろにし過ぎるではないか。そうではなく、彼女自身によるものにちがいない。きわめてまれな特質的な魂によるものであろう。がらにもなく、だが好都合なことに、神に選ばれたのだ。神の特別の寵愛の相手として。エウセビオスは一再ならず、そのようなことを言ったことがある。これで明らかな証拠ができた。

だがだれもベルにこたえなかった。もういまでは不快というより耐え難いほどに熱くなってきた。起き上がって座ると、その動作で体のまわりの焼けつく空気を煽《あお》ぐように思え、心臓が病的に高鳴りはじめた。焼けるような床に足を触れてみて、あわてて引っこめた。そして恐れおののいて狂おしくベルを押した。何かがおかしい。だれも現れず、耳の中で血が太鼓のように魔女のリズムを鳴らした。「世界は彼女の赤ん坊。だが赤ん坊は悲しむ。」

孔雀石と斑岩《はんがん》の床をたった三歩あるけばよかった。何がなんでも歩かねば。最後まで注意深く石だたみを踏んで、彼女はドアに手をのばした。思いきって焦げつくようなハンドルを握り、回し、押したが動かなかった。開かないだろうことはわかっていた。最初の石と次の石の間あたりで、そのことには気づいていた。パネル板の向こうに閂《かんぬき》を見たのだった。もはや押すことも、ベルを鳴らすことも、ノックもむだだった。ゆうゆうたる時は終わった。彼女は滑り、のたうち、やがてまないたの上の魚のように動かなくなった。

第九章　退出曲《リセッショナル》

「わかっています、わかっています。母上、あなたのおっしゃることは何もかもその通り。ただお優しくはない。このようなときには、とりわけ母親からは優しいことを言ってもらいたいものです。

わたしはこのところ自分が自分でないようだったのです。ときどきこういうムードにとりつかれます。わたしが楽しんでいるなどと、ゆめゆめ思ってくださるな。たいへんな責め苦です。医者にも診てもらいました――世界一の診断を請いました。手の施しようがありません。これは偉大なる能力に対して支払わねばならぬ代価のようです。みなそう言っています。

もちろん、他の者も代価は払わねばなりません。ただでなんでもやってもらえると思ったら大間違いです。わたしはここにこうして死ぬまで人々のために働き、人々の敵を追い払い、よい世界を保っていくのです。それが、たまたまわたしがこうして少々ふきげんになると、人はみなわたしを怪物のように言うのですからね。

そうですとも。ローマじゅうでなんと言っているかくらいよく知っています。わたしはローマを憎む。まことにけがらわしい土地だと思っています。決してわたしと相入れることがない。あのミルヴィアン橋での戦いの後、すべてが旗と花とハレルヤとなり、わたしが救世主になった後でさえも——あの当時でさえ、わたしの気は安まらなかった。自分がユニークな存在に思える東方が欲しい。ここでは永遠に続く歴史のページェントの中の一員でしかありません。都は常に前進を望んでいるのです。

そのうえ、わいせつ行為がはびこっています。耳にしたことを繰り返し考えている暇がない。また何もかもが崩れかけて出費がはなはだしい。わたしはここを憎みます。」

「かつては聖都と言ったこともあったのに。」

「それは、母上、開眼以前のことです。東方に偉大なる暁を見る前の。わたしはローマを憎む。焼き払ってしまいたい。」

「ネロのように?」

「なぜそのようなことを言われます? あのけがらわしい歌をごらんになったのですね。昨日だれかが書類の中に置いていったもので。〃ネロのダイヤか　ルビーがいいね。〃ローマ人はわたしにああいうことを言うのですからね。よくもあんなことが言えると思いませんか？　どうしてあんなに愚かなのでしょう？　ニコメディアではわたしは十三番目の使徒と呼ばれていました。

　これもみんなあの女の仕業です。あれがいなくなったからには、いろいろとよくなるでしょう。変わるでしょう。何もかもファウスタの過失だ。過去二十四時間にわたしが彼女について何を聞かされたかをお聞きになってもとても信じていただけないでしょう。すべてファウスタのせいです。われわれは出直しです。全く新しい政策をとらねばなりません。」

「息子や、物事を新しくしていくためにとるべき道は一つしかありません。」

「おっしゃりたいことはわかります」とコンスタンティヌスは言った。突然に政治家らしく抜け目ない顔つきになった。「みんなそれをほのめかします。洗礼ですね。ファウスタも洗礼のことではよく積極的に口うるさく言いました。そしてコンスタンティアまでが。ばかな」と彼は憤懣を爆発させてつけ加えた。「コンスタンティアは大丈夫でしょうね？あれにはわたしも何もしていない。それなのに、人はわたしをネロと比べたがる。ネロだったら彼女をにこにこと安全にさせておきますかね？」

「にこにこはしていませんよ、コンスタンティヌス。」

「いや、していいはずです。彼女も間一髪のところだったんですよ。しかしあれはほんの一例です。感謝の意はだれにも現れていません。どうしてコンスタンティアはにこにこしていないのです?」

ヘレナが何も答えずにいるとコンスタンティヌスはたけり狂って繰り返した。「コンスタンティアはどうしてにこにこしない? ここへ連れてきて笑わせてやる。いいですか……母上、わたしはどうかしているのでしょうか?」

ヘレナは依然何も言わなかった。ややあってコンスタンティヌスが言った。「わたしの例のムードのことを話させてください。ムードとみんなが言っているあの憂うつのことを。わたしをネロと比べることがどれほど愚かしく不公平であるかを説明させてくださ い。一度だけでいい、このムードのことを説明させてください。母上に理解してもらいたい。ネロにもムードがあったのです。ものの本で読んだことがあります。彼はけだもののごとき人でした——極度に神経質な審美家でした。物を破壊し、人々が苦しむのを見るのを肯定し、喜びとしたのです。わたしは全くその反対です。わたしがこうして生きているのも人のためです——人々にものを教え、人々を災いから救い、人々のために建物を建てる。このローマだけでもわたしがこれまで何をしてきたか見てください。教会や、寄贈物を見てください。わたしに寵臣がいるでしょうか？　友人さえもいません。どんちゃん騒ぎをやりますか？　踊ったり、歌ったり、千鳥足になったりしますか？　何かその他の方法で自分だけが楽しむことをしたことがあるでしょうか？　わたしの歓迎会はパラティヌスで開かれるパーティーのうちで最も退屈なものではないかと思わざるを得ません。わたしはただただ働いています。ときどき全世界が、わたし独りを除いて静止しているのではないかと思うことさえあります。わたしが人のためになることをするのを見て、みんな口をぽかんと開けているのではないかと。みんなほとんど人間じゃない。物なのです。じゃまなところに、間違ったところに置かれた物なのだから、移動して役に立つようにするか捨ててしまう方がよいのです。ネロは自分を神だと考えました。最も冒瀆に近い不適切な考えです。わたしは自分が人間であると思っています。それどころかしばしば全創造物の中で最も人間らしい人間ではないかと感じます。しかしそれは気分のいいものではありませんよ。おわかりいただけますか、母上？」

「わかりますとも、とてもよく。」

「ではなんですか？」

「神の恩寵なき権力です」とヘレナが言った。

「ほらまた洗礼のことを責めたてはじめる。」

「ときどき」とヘレナは続けた。「将来について恐ろしい夢を見ることがあるのです。いまではないけれど、やがて人々が王とか皇帝に対する忠節を忘れ、自らのために権力を握るようになるかもしれないと思うのです。たったひとりの犠牲者にこの恐るべき呪いをかける代わりに、みんなで肩代わりしようというのです。みんながひとり残らず。全世界が神の恩寵なき権力を所有した悲惨さをお考えなさい。」

「はい、はい。それはわかりますがね。どうしてわたしがそのたったひとりの犠牲者であらねばならないのです？」

「何年か前に話し合ったことがあったでしょう——覚えておいでではありませんか？——ブリタニアの父のもとへあなたが赴かれたおりに。わたしはいつもあなたが言った言葉を思い出しますよ。『生を得るためには天下を支配する決意をせねばならぬ』と。」

「それは今日でも同じです。」

「でも神の恩寵なしにはできませんよ、コンスタンティヌス。」

「洗礼ですか。話はいつもしまいにはそこへ来ますね。よろしい、洗礼を受けましょう、恐れずに。しかしいまではない。わたしのこれと思ったときに。その前にまだするべきことがあります。母上は聖職者の言うことは本心から信ずるのですね？」

「もちろん。」

「わたしもです。それでそこが問題なのです。アフリカにある変人がいて、ひとたび正式に改宗すれば二度と罪を犯すことはできぬと言うのです。そこのところはほんとうではないと思います。周囲を見回してみればそれがそうでないことくらい、すぐわかります。ファウスタをごらんなさい。しかし洗礼は、一時的にはその人の生涯の罪を洗い清めるのですね？　だから人がそのようなことを言うのでしょう。それでみんなも信じるのではありませんか？」

「そうでしょう。」

「全く新しく、全く無邪気に、新生児のようになってやり直す。だが次の瞬間にもうまた罪を犯し、永久に地獄へ落ちるかもしれない。充分な説じゃありませんか？　では、賢明な人間はどうするか——わたしのような地位にいて、ひっきりなしに小さな罪を犯さずにはいられない人間は？　待つことです。最後の瞬間までひき延ばすことです。罪を重く黒く積み上げていきます。かまわないでしょう。洗礼さえ受ければ全部そっくり洗い清められるのですから。そしてその男のなすべきことは、最後にほんのわずかな期間、一週間か二週間、あるいはたったの数時間だけ悪魔を寄せつけず、潔白になることです。それならそうむずかしくはなさそうだ。いい戦略じゃあありませんか。わたしはそういう計画にしましたよ。

もちろん危険はあるでしょう。最後のきめてに至る前に不覚にも待ち伏せを食らってつかまることもあるでしょう。だからこそこのように特別慎重になっておるのです。あれこれ道を選んでいる余裕はありません。そのために秘密警察とか占い者がおるのです。彼らの言うことはほとんどみなナンセンスです。それは知っていますが、人はだれも将来に確信の持てる者ではありますまい。彼らの語る中に何かがあるかもしれません。ある一つの情報に従って行動していくしかありますまい。それが戦術というものです。危険に瀕しておるのは単にこのわたしの生命、わが不滅の魂だけではないのです。そこのところが際限なく重要ではありませぬか？　文字通りに、際限なく重要です。聖職者もそれを認めます。ですからして、クリスプスが潔白であったかどうかも大して問題ではないということです。リキニアヌスの生涯が二年や三年長かろうと短かろうと、どうだというんです？　われわれは全く異なる規模の大切な事柄を扱っているのです。

どうです、わたしの説明はこれでできたでしょうか？　ネロとわたしを比較するのがいかにひどい不公平であるか、おわかりいただけましたか……わたしの望むことはただ理解し認めてもらうことです。この先やることも決まっておるのです。」彼は晴れ晴れとなって続けた。「母上がもうわたしに腹を立てないと約束してくださるならば、特に大切なものをごらんに入れましょう。」

彼はヘレナを宮殿の大ホールから続いている聖具安置所へ案内した。そして鍵を取り寄せ、自分の手で、ある戸だなを開けた。中には絹を巻きつけた背の高い包みが立っていた。安置所の番人が手を貸そうとした。「さがれ。」コンスタンティヌスは言った。「これには予以外の何ぴとも手を触れてはならぬぞ。ごく少数を除いては見ることもまかりならぬ。」

彼は不器用ながら熱心に包みをほどき、やがてそれを右手に支え、体を少し離して姿勢を正した。

そのものはサイズと形でいえば普通の軍旗だった。だが頭に金張りのラテン十字がつき、さらにその上に凝ったデザインの宝石を飾った花輪がつき、花輪の中心に宝石の組み合わせ文字、キリストの標号XPがついている。十字のところからどっしりとした刺繍をほどこし、宝石をちりばめた紫のサテンの旗がさがっている。図柄は、ΤΟΥΤΩΙ Ν

ＩＫＡ（汝勝利を得ん《トウト・ニカ》）のモットーと一連の美しい浮き出しの肖像画であった。

「一体どうしてこのようなものを？」とヘレナが尋ねた。

「おわかりになりませぬか。これがそれ、わたしの軍旗《レバラム》です。」

ヘレナはしだいに増大する驚愕を覚えながらこの見事な美術工芸品を見つめた。「まさかこれをミルヴィアン橋の戦いに持っていったのではないのでしょうね。」

「もちろんそうです。この旗によって、征服したのですから。」

「でもコンスタンティヌス。わたしはいつもあなたが戦いの夢まくらで、あるビジョンを見て、すぐさまその場で騎兵の盾のマークを変えさせ、武具師に十字の形をしたあなたの軍旗をこしらえさせたのだと聞いていますけれど。」

「その通り。これがそれです。」

「ではこれは野営地でこしらえさせたものですか？」

「そうです。おもしろくはございませんか？」

「でもこれを作るのには何か月もかかるでしょうに。」

「それが、二、三時間で。宝石師たちも神の鼓舞を受けていました。あの日はすべてが奇跡だったのです。」

「それでその肖像はだれです?」

「わたし自身と、子供たちのです。」

「だって、息子や、そのころは子供などまだ生まれていなかったでしょうに。」

「ですから奇跡だと言ったのです」とコンスタンティヌスはふきげんになって言った。

「おもしろいと思われないなら、片付けます。」


「ここはあなたにさしあげよう」とコンスタンティヌスはシルウェステル教皇に言った。

「教皇のものになさるがよい。予はここを出ていき、帰ってこない——永久に。予の石棺にはだれなりと好きな者を詰めるがよい。予は死ねば骨は東方に置いてくる。もし死ねばだ……先のことはだれにもわからないが。最近そのことにとくと思いを致し、本を読みあさった。するとまことに数多くの確証ある例を見つけた——そうは思われぬか?——神は時おり御自らの判断によって、病み、死に、朽ち果てるという不名誉なる人間の行為を調整したもうようだ。予は時おり、神の大いなる慈悲がなんらかの形で予にふり向けられているように思う。予は当り前の死に方をするとは到底考えられない。だが神が、戦車を送ってくれるかもしれない。預言者エリアスにされたごとくに……別段驚異に値することでもあるまい。予にとっても、ほかのだれにとっても。」

ヘレナはここでシルウェステル教皇と視線を交えた。そして互いに理解し合った。

皇帝の沈思が終わり、今度はずっと現実的になって続けた。「しかし、いずれにせよ、まだかなり先の話であろう。まだなすべきことがたくさんにある。いざその時が来たら、予の石棺は空のまま、もしくは何かを詰めて、キリスト教徒に囲まれるところに置いてもらわねばならぬ。ローマは異教で、この先もずっと変わるまい。そうだ、予はあなたがたがペテロとパウロの墓を建てられたのを知っておる。それほど著名な出来事に無関心でいるように思われていなければよいが。しかし、何ゆえにこの地になされた？　ローマ人に殺害されたというのに。その事実はぬぐい去れまい。そうとも、ローマ人は、この予を殺すことも考えておる。ここは神を恐れぬ邪悪の都だ。聖下、そこへあなたは迎えられたのだ。

だれかが何か新しいことを始めねばならぬ。予は中央に敷地を手に入れた。そこを荘厳の港とするつもりだ。すでに計画は練られておる。すぐさまキリスト教国のまっただ中に巨大なるキリスト教首都を建設するのだ。二つの新しい大教会を建てて――どう思われるかな？――〝知と平和〟に献じ、それを中心に大首都を作る。このアイディアは先日きわめて突然にひらめいた。いつも最高のアイディアはこういうひらめき方をするものだ。〃霊感〃と呼ぶ者もおる。しかし予にとってはきわめて自然なことだ。だから古いローマはあなたにあげよう、ローマ教皇、ペテロとパウロと、殉教者のぎっしり詰まった地下道もつけて。われわれは不快な係累を捨てて新しく出直す。清廉潔白に、神の知と平和とともに。予の軍旗もそこに立てるとしよう。」彼はちらりと厳しい視線をヘレナに投げてそう言った。「認めてもらえるところに。古いローマは、あなたのものにするがよい。」

「懸命なるガイウス[1]の言葉を借りますれば、〃没落せる遺産〃というところですな。」教区の高位聖職者のひとりが別のひとりに言った。

「本で読むのならよろしゅうございましょうが。」

「やるのだ、みなみな方、やる気でおりますぞ。」

「不快な係累こそ教会の種子です。」シルウェステル教皇が言った。

「ラクタンティウスもそのようなことを言っておりました。」

「いや、何も特別新しいことではない。予は決して突飛なことはしない。そのようなことはレバント人に任せておく方がよい。」

1　ローマの民法の法律学者

「わたしは新しいことはきらいです」とヘレナが言った。「わたしの育った国ではだれもそういうことはしません。コンスタンティヌスのニュー・ローマのアイディアは気に入りません。福音書にある掃き立ての家のようにあまり空っぽで何もないとすぐに悪魔が満ちるような気がします。」

この賞賛すべきふたりの高齢者のうまの合うことは有名だった。ヘレナはコンスタンティヌスの退出後もそこに残り、教皇もそれを期待していたように見受けられた。

「やたらに平和と知を呼び寄せられるものでしょうか?」ヘレナは話の続きをきり出した。「そのために家を建てて迎え入れて閉じこめるなど。人がいなくてはもともと存在しないものではないでしょうか? いつものように忌憚のないところをお聞かせください。」

彼らはかつて公園であり、いまではコンスタンティヌスの新しい教会がところ狭しと建っているところを見おろす小さな涼み廊下に立っていた。

「哀れなファウスタが以前ここに住んでいたと思うと妙な気がいたします。」

ファウスタが生きていたころには、ここの小ぎれいな司祭館には常に絹の花づなが張りめぐらされていた。いまは何も残っていない。宮殿内のところどころにはラテラノ宮殿をしのばせる軒じゃばらや、ツタにからまれた半人半獣の森の神の像がある。だがファウスタのものは何一つない。彼女はきらめく黄金の魚のひれと、あぶくに包まれていなくなってしまったのだ。ふたりのエウセビオスでさえも彼女の名まえを祈祷書からはずしてしまっていた。

ヘレナは先ごろ起こった一連の物悲しい追憶をたどりながら言った。「ローマがわたしの思った通りに進んでいるという意味ではないのです。」

「それはたびたび耳にいたすことです。わたくしにも判断できませぬ。わたくし自身は生っ粋のローマ人です。ですが、そもそも、ここがどうなっていくのか想像もつきません。」

「昔ある男を知っていました――娘時代の家庭教師です――その男がよくアジアの聖なる都のことを話してくれたものです。非常に聖なるところであるがために、その城壁は世界のじゃまな情熱を閉め出すことができるのだと言っていました。そこに足を踏み入れるだけでも聖者のようになれるのだと。」

「その者は、そういう場所へ行ったことがあったので？」

「いいえ、いいえ、一介の奴隷でしたもの。」

「万一どこかへ行ったとしても、それほど違う場所というものは見つからなかったろうと思いますが。奴隷はそのような都を想像するのが好きです。決まってそうだと申してもよろしいでしょう。ローマ人にとっては、都は一つしかなく、しかも、間違いなく、まことに不完全なところです。」

「不完全なのですね?」

「はい、もちろん。」

「まだ、この先悪くなりましょうか?」

「いや、少しはよくなると思います。すでに迫害のときを、一英雄時代でもあったかのように、ふり返り見るようになっております。しかし、殉教者の数に思いを致すとき、当然もっと多くいてしかるべきところ、いかに少ない数であったかとお思いになることは、ございませんか? 教会は少数の英雄のための祭式であってはなりません。倒れた全人類が贖《あがな》われるためのものです。それでもちろん、現在では勝利を得た立場として、たくさんの日陰の存在がころがりこんでくる状態にあるのです。」

「その、日陰の存在の人々は何を信じているのでしょう? 何を考えているのでしょうか?」

「神のみが知ることです。」

「それも終生わたしが求めてきた質問の一つです」とヘレナは言った。「ここローマに来てさえも率直な解答は聞かれないのですね。」

「この都には大勢の人間がおります」とシルウェステルはきわめて快活に言った。「皇帝が自分のはしかを治すために赤ん坊の生き血で風呂をわかさせると信じている人さえいます。事実はわたくしがお治ししましたので、わたくしにはこのようにご寛大なのです。いまここにこうして皇帝とわたくしが生きて彼らの目の前にいる間は、人もそれを信じましょう。ですが、千年もたった後には何をどう信じるものでしょうか？」

「またある者は何も信じないのかもしれませんね」とヘレナが言った。「言葉の遊びのようですが。」

「そうですとも」とシルウェステルが言った。「そうですとも。」

そのときヘレナが何も関連なさそうに思えることを言った。「ところで、十字架はどこにありますの？」と彼女は聞いたのだ。

「どの十字架でございます？」

「たった一つしかない。本物の十字架は。」

「さあ、存じません。だれも知るものはないのではありませぬか。だれもそのようなことを尋ねたのを知りません。」

「どこかになくてはなりません。木は雪のように解けるものではありません。まだ三百年とたっていないでしょう。ここの神殿の梁や羽目板はその二倍も古いものがいくらでもあります。それらのものより神は十字架を大事になさると思う方が理にかなっています。」

「神については何一つ〝理にかなう〟と言えるものはありません。もし神がわれらにくださりたいと思われたならば、間違いなく、くださっているはずです。しかしそうは思われなかった。もはや充分にいろいろなものをくだされたからです。」

「でも神にくださるお気持ちがなかったとどうしてわかります、その——十字架をですよ。わたしは、だれかがそこへ行って見つけるのを神が待っていられるのだと信じます——いまこの瞬間にも、それが最も必要とされたときに。だれもがそのことを忘れてしまって、神とは関係のない人間的な結びつきのことばかりしゃべっている、いまのこの瞬間にも、その木片はその愚かな頭を殴ってやりたいと思って待っているのでしょう。わたしが捜しに参ります」とヘレナは言った。

皇太后は老婦人である。年齢もシルウェステル教皇とほぼ同じであるが、教皇は彼女がまるで子供か、猟犬とかけ回る性急な若き王女ででもあるかのように、いとしげにうちながめて、いとも優しい皮肉を言った。「話を聞かせてくださいますな――もし成功したら。」

「世界じゅうに話します」とヘレナは言った。

第十章　お人よしの司教マカリウス

ヘレナは三二六年の初秋、その巡礼に出発した。ニコメディアが起点であった。当時、そこは、帝国じゅうの連絡の集まる地点であった。またここで莫大な国庫の財源が彼女のために融通された。役人が機械のように円滑に働いて彼女の道程を定め、キャラバンを仕立てた。

彼女は楽な行程で進み、わざと遠回りをしてドレパヌムに立ち寄り、聖ルキアノスのために教会を建てることを命じ、それから内陸にはいって幹線道路をアンカラ、タルソス、アンティオキア、リッダと進んだ。彼女が各種の護衛機動部隊を従え、金モールのもすそを引きずって進んでいくと、行く先々で聖職者、高官、大衆が、あるいはひれ伏し、あるいは拍手をして出迎えた。彼女は修道院に寄進をし、囚人を解放し、孤児に自らの寡婦産を与え、神殿や聖堂の建設を命令した。各所で景色を見てはキリスト教徒の歴史の場面を胸に刻んだ。彼女は全聖職位階《ヒエラルキー》制政体に莫大なる心づけを与えた。慈善の金色のもやに包まれて進み、どこでも歓迎され、だれからも慕われたように思われた。彼女の前進があるひとりのお人よしの胸に狼狽をもたらしていることなど知る由もなかった。

というのは、アエリア・カピトリナの司教マカリウスが真実、お人よしだったのである。彼はみだりに他人に言いがかりをつけることは、回避や隠蔽同様に神のきげんを損ねるものだということをよく知っていた。これまでもあらゆる問題を繰り返し、詳細に検討しては、おのが行動にいささかも不純な動機が含まれていないことを見つけてきた。

マカリウスが自分の良心を調べる様はその方法と熟練した観察力において、後世の野外研究の自然科学者が沼の生態を観察するのに似ていた。科学の心が少しでも欠ける悔悟者であれば、単に大きな魚だけしか見つからないであろうし、気むずかし屋は藻や浮きかすにしりごみし、目を閉じたまま出し抜けに感情的で不正確な自責の物語を口にしたりする。だが長い年月の司教の生活が、彼の魂の知識にみがきをかけ、ついに彼にとっては一つ一つの魂の不透明体、その顕微鏡的幼芽までが特別な重要な意味を持つようになった。どれが不健全であり、どれが無害、どれに価値があるかが彼にはわかった。かくてこのたび、キリストの聖墓の事件が持ち上がるに及んで、彼は澄んだ美しい水の底を見つめ、われとわが身を非難するところなしと宣言した。

だがそれなのに彼は非難されていた。とりわけ長官に。そもそも最初にこのニュースを持ってきたのが長官だった。ある暖かい九月の朝、長官は期待された平穏を破って司教を訪れた。

「たいへんなことをしてくれたではないか」と長官は言った。「そちらとしては満足しているかもしらんが。」

長官が訪問してくるということ自体からして、マカリウスにとって過去十八か月間の事情の変化がいかに大きいかということを示していた。二年前なら長官は彼を総督官邸に呼びつけたところだろうし、何年か前には、マカリウスの存在そのものを意識するのを否定するとか、牢屋にぶちこんだところである。

「一体全体、どうやって皇太后をお泊めしたらよいと考えるか?」と長官は尋ねた。「もともとここはきみがひっかきまわしてくれる以前から貧乏たらしいところだった。それがいまでは建築屋だの巡礼者だので往来の半分が人であふれ、とても住めるようなところではなくなってしまった。どうやってお守りしたものだろうか? 増えていないのはただ一つわしの勢力範囲だけだ。」

「まことに」とマカリウス司教は言った。「それにつきましては、心から申しわけなく存じております。このようなことになろうとは思っておりませんでした。」

話は前の夏のニカイアにさかのぼる。それはまたとない珍しい機会であった。教会が、歴史上はじめて、至高の権威――ローマ教皇特使、皇帝、全キリスト教界の位階制による聖職者たち――の前に姿を示したのであった。これ以前、聖職者の多くから互いの異端、不信、妖術などに対する不満が訴えられており、コンスタンティヌスは事実上何も読まずに焼き捨てていた。だがマカリウスは別の種類の請願を持っていた。狭量なる人ならば、これを利己主義と呼ぶかもしれないが、マカリウスの真意はもっと深かった。彼はいやまさる神の栄光以外には何も望んでいなかったが、この気高い目的が、彼の司教区の現在おかれている煩わしい変則的な状態により、達成不能となっていたのである。

というのはアエリア・カピトリナとはキリスト教の信仰の臍の部分ともいうべき古代の聖都イエルサレムにほかならなかったからである。この小さな駐屯都市の内外で、神の選びたもうた多くの人々がその運命を全うしていたのである。この地において、わが主と聖なる母が生まれ、みまかり、天に昇った。この地において、聖霊が、生まれたばかりの教会に火の姿でくだった。マカリウスは絶えず、かかる出来事のあった地域に王座を占めるわが身の至らなさを思ってはうろたえていた。もしもっと力のある人が自分にとって代わることによって、この聖都のしかるべき名誉が保てるものならば、喜んで道を譲ってもよいと考えていた。だが現実には名誉はほとんどといってよいくらい保たれていなかった。すなわち市行政当局の逃げ口上のおかげで、属司教区、それもこともあろうに、カイサリアという、ヘロデ王の作った、偶像崇拝と官公吏界と悪徳にまみれる商業港で、歴史も少なく、小さくてつまらない区の属司教区にされていたのである。この変則的な状態は早晩是正されねばならなかった。だがマカリウスはもしも緊急の必要性が生じなかったら、いつまでも自分の権利を主張するのをしりごみし、事態をそのままにしておいたかもしれなかった。カイサリアのエウセビオスは良心のもとに仕える男ではなかった。政治家で、文筆家で、傲慢で、破廉恥で、ニコメディアの同名の司教とよいコンビで、彼同様に腹黒いアリウス派の陰謀の中にいた。カイサリアには迫害で傷ついた古つわものどもが大勢おり、彼らは自区の司教エウセビオスが高位の業務に携わるようになったのを見て、かつて自分たちが鎖につながれていたとき、彼が、それ、あの上品ぶった自信たっぷりの物腰で、小ぎれいな巻き紙の原稿を手にして、牢獄の構内を通っていくのを見たものよ、背信者よ、裏切者よ、とうわさし合っていた。

マカリウスは自区の司祭や人々に、その悪意に満ちた影響の及ぶのを見るに忍びなかった。だがニカイアでは、第一の懸念についてのみ苦情を訴えた。

公会議は同情的だったが、どっちつかずの決断をくだした。彼は大司教用肩衣《パリウム》と特別謁見を許されたのである。皇帝は非常に物柔らかだった。マカリウスは皇帝にシオン[1]の光栄を説いた。皇帝は魅了されたように見えた。とすれば、皇帝はこのときはじめて、そのおぼろげな心に一条の光がさしこむのを覚えて、歴史と神話の差異をはっきりと見たのではあるまいか？　いま彼が熱を入れている新しい宗教はさまざまな魅力を持っている。まず兄弟愛、平和、服従という好都合な倫理を説き、保護と寛恕《かんじょ》、不滅という強力にして魔力的なほうびをさし出す。だがコンスタンティヌスは、かつてガリラヤについて語られる物語とオリンポスのそれとの差異を考えたことがあったろうか？　彼はいまここではじめて、ある特異な立場に立たされて、三百年前に瀕死のキリストがかぶっていたまさにそのイバラの冠を管理しているという男と相対して話をしているのであった。

「それは確かか？」

「もちろんでございます。あの日以来、イエルサレムの教会が大事に保管いたしております。聖母マリアが自らの手で拾って家へ持って帰りました。そしていったんペラの地へ持って行かれましたが、その後、法がゆるんだのでもどってきたのでございます。槍もご

1　イエルサレムの丘

ざいます。それ、そのキリストの脇腹を刺した例の槍と、そのほかにもたくさんのものがございます。」

「驚くべきことだ」と皇帝は言ってから、権威が損なわれたことに抗議して、おきまりの愚痴っぽい抗議をつけ足した。「どうしてこれまで、聞かされなかったのであろうな?」

マカリウスは話して聞かせた。イエルサレムのすべてと、変転する世の中にあって、いかにキリスト教徒たちが足しげくそこに通いつめ、破壊し、再建し、かくて営々と今日に至るまで、その神聖なる場所の神秘なる伝統を存続させてきたかを語った。またさらにゲッセマネの園、最後の晩餐の階上の間、裁判所よりはりつけの丘ゴルゴタまでの悲しい道筋について語った。

こうして、きわめて自然に、むしろ必然的にマカリウスは心に最も近い問題を語ることができた。もとよりニカイアに来たのは、そこにいるだれかに興味を持ってもらうためではあったが、このようなまたとない幸運な信頼のときを勝ち取ることは期待していなかった。

「それからまた」と彼は続けた。「もちろん聖地の中でも最も神聖な場所——キリストの聖墓もございます。」

「どこか知っておるのか？」

「つい二、三ヤードの土の下にございます。ハドリアヌス皇帝が二百年前、新しい都を計画されたおりに埋めてしまわれました。人々は、皇帝がそうなされたのは故意に信仰をつぶすためだったと申します。それで侮辱のしるしにその上にヴィーナスの神殿を建てられたのだと。ですがわたくしは皇帝がそこにそれがあることをご存じだったかどうかはなはだ疑っております。キリスト教徒は夜暗くなってから三々五々連れ立ってそこを訪れます。しかしおかみにとり壊されるのを怖がってみな口をつぐんでいたのでございます。ですがおかみのしたことは結果的にそれを保存したことになりました。技師たちはこの問題は考慮に入れず、地図の上だけで計画を立てたものと存じます。そこを埋めこんでしまったのは、全くの神意によるものでございましょう。切りこまざいて片付けてしまっても仕方なかったところでございますから。再び掘り出すことはさしてたいへんな仕事ではございますまい。」

さしてたいへんな仕事ではない！　これまでに幾たびマカリウスはあの広い、人のこみ合う段丘を見ては、その下にあるものを考えて心を痛めてきたことか。小さな庭の木々は節くれ立ち、床舗はすり減り、改修したものが再びすり減り、彫像までが二世紀の間に熟しきって、俗性を完全になくした。その場所全体が永遠を宣言しているようだ。おおその信仰が山をも動かしたり！ という言葉もあるが、これは到底人間業で望めるものではあるまい。恐らく、世界の終わる日まで、あの宝は日の目を見ることがないであろう。

と、このようにマカリウスは迫害の時代には考えていた。だがいま、各所で勝利のトランペットが鳴り響き、自分はここでこうしてあらゆる物質的権力の根源である皇帝と相対して語り合っている。事はきわめて簡単である。ただちょっとシャベルで泥の山をどければよいのだ。コンスタンティヌスもそう受け取った。彼は主婦が戸だなを片付けてくださいなというような気軽さで命令をくだした。

「もちろん、そうであろう」と彼は言った。「そちが帰ったらすぐ、ただちに始めるがよい。必要な労働力はすべて手にはいるようとり計らおう。正しく事を運べ。見苦しくない仕事をしてくれ。」

あれは見苦しくない仕事であったろうか？ これは事がうまく運ばなかったことを知るに及んでマカリウスが繰り返し繰り返しそのお人よしの良心にぶつけた質問であった。いまではあのニカイアの謁見からすでに一年を経過していた。奇跡が実現されていながら、マカリウスは幸福でなかった。

第一回目の発掘はいとも簡単だった。キリスト教徒がいつもキリストのはりつけと復活の舞台だと指摘する地点は新しい都の中央部にあたっていた。もはや地上にはかつてこの近くにあった城壁の痕跡は何もなかった。半分古い都から掘り出されたアエリア・カピトリナがどっかりとここに横たわっている。かつて設計者の立案した矩形は丘、谷、廃墟、水のない水道にまたがっている。ブリタニアやアフリカにありそうな二世紀の標準的な駐屯都市だったのかもしれない。ヴィーナスの神殿、庭園と十字路は以前岩ばった丘にはさまれた峡谷だったところに立っていた。ハドリアヌスの技師はそこを荒石で埋め立て――そういうものはいくらでもあったから――平らにした。コンスタンティヌスの技師が今度はそれを片付けた。つっついてみると自然石と区別するのは造作なかった。二、三か月のうちに全地形が露出され、二つの小さな丘とその間にある峡谷がはっきりと現れた。小さい方がキリストはりつけの丘ゴルゴタである。そこから三十ヤード離れた反対側の斜面を半分ほど登ったところに墓があった。山腹をけずり取ったように険しい岩面の下り口と、低い石の戸の入り口と奥の間。そこに聖なる遺体が横たえられていたのである。マカリウスが想像していた通りであった。

マカリウスはその瞑想の中で一体幾たび悲しみの要所要所に足を留めつつゴルゴタへの道をたどったことだったか。行き暮れて三本の十字架の傍らにたたずみ、充分休息が胸にしみわたると、マグダラのマリアや聖母マリアとともに、閉ざされた墓のそばをさまよい歩いた。この岩場はいわば彼の心のふるさとであり、返還された教会の基本財産でもあった。彼は心安らかな喜びに浸りつつ小さな洞の中にひざまずいた。

作業のニュースはカイサリアからニコメディアまでずらりと並ぶ信号塔を通じていち早くコンスタンティヌスに伝えられた。よいタイミングであった。皇帝は起こりたての難儀を抱えて打ちしおれ、寂しくローマの休日を過ごしていたところだった。彼に必要なのはまさにこの種の、新しい、四面に鳴り響く征服であり、次なる奇蹟であった。それがまさに到来した。これまでパラティヌスに起こっていたどんな不都合をも忘れてゆることができ、彼を再び、かげりなき神の恩寵の光の中に立ちもどらせる証《あかし》であった。

コンスタンティヌスは歓喜のうちに、早速マカリウスに書簡を認めた。

「神はなんとわれわれを愛したもうことか！　言葉に窮する。戦いの勝利、良心の安らぎ。われらはいま、何世紀も隠されていた驚異の天啓――聖墓そのもの、受難と復活の原記念碑の受納者となったのだ。心が騒ぐ。このことは、われらがキリスト教を受け入れることのいかに正しいかを示すものにほかならない。かの偶像崇拝的神殿は復元するに及ばぬ。代わりにその地に教会を建てよう。世界一見事な、すべての細部にわたって他のいかなる教会より優れたものを。貴下と総督とドラキリアヌスがこれを企画せねばならない。必要なものはなんなりと要求せよ。柱は何本建てるか？　大理石はいかほど？　頑丈に豪華にされたい。送るべきものを手紙にて知らせよ。ここは比類なき建物ゆえ、比類なき処置を必要としよう。屋根はドームとするか平屋根を好むか？　もし前者であるならば金箔がよい。可及的速やかに見積もりを出せ。平屋根にするならば、たるきつきで木の羽目板ではどうか？　早く知らせよ。神の祝福あれ。親愛なる兄弟よ。」

この慈愛あふれる手紙は、司教を穏やかな喜びのムードからひきはがした。皇帝の熱の入れ方には何やら戸惑いを覚えさせるものがあった。マカリウスは事はこのままでは済まされまいと思った。この場所を彼自身の瞑想と、地域の会衆の啓発に取っておくことはできなくなる。巡礼者も来るだろう。聖地を保護するためになんらかの処置が必要だし、訪問者の受け入れにもなんらかの手を打たねばならない。だが「世界一見事な教会を、すべての細部にわたって他のいかなる教会より優れたものを」――という言葉が、すでにその大規模な教会建設で帝国を揺るがし、ローマにあって独り一軍隊の給与総額ほどの金を使い、いままたビザンティウムに途方もない建造物を計画している人物の口から出たのである——かかる人物から、かかる言葉を受けるとは容易ならぬことである。生涯のほとんどを警察の目を避けて過ごしてきた一介の田舎神父のマカリウスに、斑岩よ金箔よと言ったところで何がわかろう?

だれもが彼に対してはきわめて丁重であった。総督も建築技師ドラキリアヌスも、あらゆる請負業者も、現場監督も、彼に一目おいて従ってくれるように思われたが、それでいて彼はすべてがだめにされていくような心細さを感じるのだった。

せめて皇帝の建築家たちが、シンメトリーにあれほどの情熱を燃やさなかったなら!ドラキリアヌスは敷地を測量するが早いか、地ならしと建物の方位決定について口を開いた。彼は聖墓が、はりつけの丘ゴルゴタの真西にないことを知った腹立たしさを隠すことができず、配置替えをすべきだということさえ口走った。そこでは少なくともマカリウスは断固つっぱねた。だが結局のところドラキリアヌスはひどい仕事をしてくれた。マカリウスは平面図と立面図を示され、無数の専門用語を聞かされた。そして何を申し入れられたのかわからぬままに承諾した。たちまちにして聖所には人夫がごった返した。いたるところに手押車、渡り板、足場がある。全体に人目をさえぎる覆いがかけられ、マカリウスには入場権があったが、はいっていくと土ぼこりとほこりまみれの人々にまぎれて迷子になるのが常であった。

何か月かの後、ドラキリアヌスのプランが明らかになった。すべてが形を変えていた。ハドリアヌスが平らに地盛りしたところを、彼は平らに掘り下げていた。聖墓の床を中ほどにおいてドラキリアヌスは新しくまっ平らな台地をこしらえていた。聖墓のあった丘はけずり取られて聖墓そのもののまわりにほんの薄い幾何学的な石のとびらがあるだけになったから、かつては洞穴だったものがいまは小さい家のようだった。ゴルゴタの丘も賽ころのようにけずられて、将来、厳密に墓の軸線上に建てられることになっている聖堂の外側にいってしまった。これから予定される建物を示す木釘やひもや溝が各所にあった。聖堂はどの聖所をも含まず、五百フィートの長さの巨大な矩形をした列柱つきの庭に立てられる。その東側の別の半円型の建物が墓を納める予定になっている。そこには合計で八十本の柱が立ち、膨大な量の大理石と杉材を要するのだと建築家は説明した。彼はまさに皇帝が心に描いているようなものをこしらえてやろうと夢見ていた。ラテラノ聖堂をゆうにしのぐ仕事をやってやろうと。

だがマカリウスにはこの来るべき建築の枠のビジョンがわかなかった。寂れた丘の麓に立って嘆き悲しむ女たちの姿があまりにもはっきりまぶたにやきついていた。八十本の柱も心に浮かばなかった。見えるのはただ二つの不調和な隆起のあるパレード広場と、小屋のようなものと、何も載っていない基礎石だけであった。遠く家を離れて、彼はこの測量の荒野で途方に暮れた。ハドリアヌスが不注意から保存しておいたものを、コンスタンティヌスが熱意のあまり破壊してしまったようにマカリウスには思えた。

そしていま皇太后がこの地を訪れる途中であるという知らせを受けた。

「たいへんなことをしてくれたではないか」と長官は言った。「そちらとしては満足しているかもしらんが。」

第十一章　御公現大祝日《エピファアニー》

この地でも、他の地と同じく、皇太后のことはあまり知られていなかった。彼女は最高の伝説的人物だった。彼らはみなひどく老齢でひどくぜいたくな女性を想像していた。そしてできれば優しい人であって欲しいと望んだ。それなのに迎えたのは奇人であった。奇人というのがおかしければ聖女であった。全くたいへんなことであった。彼らは皇太后のご要望にこたえるためにとテーブルいっぱいのご馳走や凝った家具を用意させられた。アレクサンドリアからまずまずの楽隊まで連れてきておいた。だがヘレナが欲したのはそれらとは全く違った種類のものだった。彼女は真の十字架を望んだのだった。

到着のその日に彼女は彼らの見こみ違いを指摘した。彼ら、すなわち司教、長官と全市が巨大な行列をなして、彼女を出迎えた。彼女のかごを大聖歌隊でとり囲んで総督官邸へと案内した。そこは古いアントニウスの城塞、ヘロデ王の宮殿の一部、さらに近年には陸軍の事務所のあったところを含む特徴のない建物の寄せ集めである。外観には大して手を加えることができないというのでか、階上の部屋がやたらと飾りたててあった。かごからおり立ったヘレナはそれらを批判的な目で見ているようであった。執事長――バンドと一緒にエジプトから連れてこられた――はそこでつとめて満面に笑みを湛えて、「ここはもともとピラトの[1]官邸でございました」と言った。「多分そうだったのでございましょう。だれにも確かなことはわかりません。もちろんかなり造り変えられてはおりまするが、大体の者がそのように受け取っております。」ヘレナはひどく感銘を受けた。執事長はさらに先へ進んだ。「こちらの大理石の階段は、わが主が死に臨んで上られた階段でございます」と説明した。効果は彼の期待を上回るものがあった。老いた皇太后は旅装のまま、その場でひざまずき、痛ましげに祈りながら二十八段の階段をひざで上った。さらにそのうえ、お付きの者全員に同じことをさせた。翌日彼女はおかかえの工兵部隊に命じて階段をそっくり分解し、番号をつけて木枠に詰め、荷馬車に積みこませた。「シルウェステル教皇に送るのです」と彼女は言った。「このようなものはラテラノ聖堂に置かねばなりません。ここでは明らかにそれなりの重要性を認めていないようですから。」

それから、総督官邸を住むに耐えないとして、廷臣にはどこなりと民家を捜させ、彼女自身はシオン山の尼僧に囲まれて小さな個室に落ち着き、自ら家事に従事し、順序よくテーブルに着く番を待った。

1　一世紀初期のローマ領ユダヤの総督でイエス・キリストを裁き有罪の判決をくだした

聖なる階段は荷車の列に積まれて沿岸地方へ出発した。マカリウスと彼の管区代表たちはそれを仰天して見送った。王家の収集家は彼らの美術品を根こそぎはぎ取って行くと言われている。イエルサレム教会にはまたとない宝物がある——イバラの冠、槍、経かたびらなどそのほかにもたくさん。それをいま、失わねばならないのだろうか。この解放のときにあって、迫害の歳月の間、かくも献身的に守り抜いてきたものを？　彼らは会議を開き、ある大きな贈り物を決めた。これをもって王位に対する忠誠の証とすると同時に、現在所蔵せるものへの権利を主張するとしよう。彼らはヘレナに聖衣を贈った。ある兵士が賽で勝ち取り、後に十二使徒のひとりに売ったという品である。皇太后は感謝したが、彼女が真に望んでいるのはそれではなかった。彼女はただ一つのものを欲しがっていた。そうこうするうち、ヘレナは一分隊に命じて普通の泥を何トンか運ばせた。ローマのセソリアン宮に教会を建て、その基礎に聖地の土を入れることを思いついたのであった。マカリウスはこの作業を慌てもせずに見守った。

やがて皇太后の住居の変更は、信仰による隠遁体制を予告するものではないことが明らかとなった。この老婦人は毎日、あらゆる場所に出入りした。ベツレヘムまでも足をのばした。そこでは小さなキリスト教徒の団体がキリスト降誕の洞穴を管理していた。そこをミサに使い、入り口のところに小さな集会所をこしらえてある。クリスマスともなるとイエルサレムじゅうのキリスト教徒が司教と連れだってここに来て夜を徹するのだった。「これこそ聖堂にふさわしい場所」とヘレナは言った。すると此は如何に、二、三週間のうちにもう工事が始まった。オリーブ山にも建てはじめた。ここは聖ヨアキムと聖アンナの家族の地所だと人々が彼女に話した。大きな古い木々が生え、その果物を愛でられた。ここは彼らの家族の埋葬地である。マリアさまは子供のころここで遊ばれ、遺体《なきがら》はつかの間ここに横たえられて経かたびらを着せられ、油を注がれた。ここにある庭園はイエス・キリストが憩いの場とされ、この洞穴は使徒とともに隠れ家とされた。ここでキリストは逮捕の前の苦悩の一夜を過ごされ、ここから天国に昇られた。イエルサレムの他のどこにもまさる聖なる地であると。「これこそ聖堂にふさわしい場所。」

ヘレナは各敷地をしばしば訪れ、最初の溝切りが行われるのを見、基礎石の間でピクニックをした。マカリウスは自分の小さな司教管区が巨万の富と意義とにふくれあがり、自分の存在意識がおぼろになっていくのを知り、一方、ドラキリアヌスはすべてをつまらないシンメトリーに仕立てて、肌目の粗い本物の石をすべからく大理石の平板で覆いつくした。

それはまるで東洋の魔法の仮面劇のようであった。魔力を行使し、雲のごときドームと列柱が有形化されてゆく。ヘレナはひと言命令をくだし、王室の技師たちの複雑な機械が動きはじめると、自分は帰って修道会の流し場で皿洗いを手伝った。だが言ってみれば、それも彼女をとり囲む超自然の生産力の一部であった。彼女の人生の二度目の春の尽きざる温暖の中で種は一夜にして芽を出し、深い根をつけ、昼までには丈夫な茎をのばし、たわわな花や葉をつけた。多種多様な作物の香りがあたりに漂い、いら立つヘレナを慰めた。事実ヘレナは時おりいら立った。全く別のものを求めていたからである。つぼみをつけた若木ではなく、古い枯れた木をであった。

彼女は一途にこれを思いつめて歩きまわり、だれかれとなく質問した。この町には新しい仕事を求めて監督とともにやって来た材木商が大勢おり、その中の多くの商店が、この商売を何代にもわたってやっているということであった。しかしだれひとりとして絞首台を作ることに関係した経験を持つ者はいなかった。そういうことがあれば是非やってみたいものだが、とみんな言った。とすれば、三百年前、十字架にはどんな種類の木が使われたのであろうか？　だれもいまだかつて考えたことのない質問であった。この地方はいまと同様、たくさん木が生えていたろうとみんなは言った。よりどりみどりだったにちがいない。彼らは専門家的確信をもって、丈夫な木ほど耐久性のあるものはないと口をそろえて言った。そして木工品がコンクリートや石造りより長持ちした例を並べあげた。「年がたつほど丈夫になっていくのでございますよ、奥方さま」と彼らは言明した。「燃やされちまったり、虫に食われたりしないかぎり、永久に保って悪いわけはねえでござんしょ。ここらあたりじゃあ、虫はそういねえが、火事は一度でかいのがあったです。」

ヘレナは歴史家や古物収集家を呼び集めた。皇太后の愛嬌のある弱味につけこんで、前もってこの町に乗りこんできていた者もあった。その他は招請に応じてアレクサンドリア、アンティオキアなどから馳せ参じた。キリスト教徒ありユダヤ教徒あり、その他の異教徒ありだったが、みな熱心に協力する気になっていた。

キリスト教徒たちは豊富な情報を持っていた。「一般にこう信じられておりまする」と、コプト教[2]の長老はヘレナに請け合った。「主の十字架は、全植物界がその贖罪の行為に一役買うべく、あらゆる種類の木材が複合して作られてございます。」

「そんな、ばかな」とヘレナは言った。

「ごもっともでございます」とコプト教徒は至極うれしそうに言った。「わたくしはいつもそのように主張いたしておりますが、問題はその異なる質のものをいかに自然に按配し

2　エジプトのキリスト教

てつなぎ合わせるかでございましょう。」

「何ゆえ植物界がこれに関与せねばならんのです?」イタリアから来た若い聖職者が尋ねた。

「償われることもなく、贖罪の必要もないではありませんか。」

「まことに」とヘレナがこのような席でいつもそばに置きたがる人物、単純なマカリウスが言った。「かかる十字架一個を仕上げるのに、非常な手がかかり、何年も費やしたことになるではありませんか? ある種の木材は遠くアフリカの南とかインドとかの森にしかないと聞いております。」

「おっしゃる通りです」とコプト教徒は言った。「わたくしは、事実はもっと簡単であることを立証いたしました。片腕をつげ材、片方をいとすぎ材、別にすぎと松を一本ずつ。この四本をもって象徴と……。」

別の聖職者は、その木材はポプラであると主張し、その理由で、ポプラの木は常に恥辱のふるえが止まらないのだと言った。「くだらない!」とヘレナは言った。

さらに手のこんだ物語が、上ナイルからやって来た浅黒い学者から提示された。アダムが病を得たとき、と彼は説明した。息子のセツが天国へ恵みの香油をもらいにいった。大天使ミカエルは香油の代わりに三粒の種を与えたが、アダムを死から救うのには間に合わなかった。セツが父の遺体の口にその種を入れるとそこから三本の枝が生えた。モーゼがあとからやって来て持ち帰った。モーゼはそれをさまざまな魔法の目的に用い、例えば、黒人を漂白したりなどしたが、やがてダビデの日にそれは一本の木となった。（この辺でヘレナはじりじりしはじめた。）ソロモンが木を切り倒し、寺院の屋根に使おうとしたが、どの目的にも適さなかった。マクシミラという名の婦人が偶然その上に腰をおろすと、その衣服がぱっと燃え上がったので、ソロモンはマクシミラをむちでたたいて殺し、木を歩道橋にするとシバの女王がすぐさま見つけて渡った。

「もう、おやめ」とヘレナは言った。「その種の話の反証を挙げるために、わたしはここへ来たのです。」

「まだ先がたくさんございます。」浅黒い男は恨みがましく言った。「最後にはその木材はベテスダ[3]の池の真ん中に浮かぶのです。」

「ばかな！」とヘレナが言った。

アレクサンドリアの深い学識を持ったユダヤ人たちはもっと慎重なところを見せた。キリストのはりつけはローマ人の蛮行であって、最高のユダヤの伝統とはその質を異にする

3 聖書にあるイエルサレムの池で病気を治す力があるとされる

ものである、と彼らは述べた。ユダヤ人は悪人をきわめて徹底的に石打ちの刑に処する。ギベオンの住民は確かにサウルの七人の子孫をはりつけにしたが、これは全くの例外的状況であった――大麦を育てるためであり――大昔のことである。皇太后が興味を持たれた時代にはかかる事態は起こらなかったはずである。これは是非ともローマの軍関係の歴史家にお尋ねになるべきである、と。

ひとりこういう者も出席していた。その男は松材は最も安価で工作しやすい材料であると言った。であるからしてそれが使われたことはほぼ疑いない。恐らく縦の一本は多かれ少なかれ固定された柱であろう。犠牲者が処刑の場まで持っていった棒がすなわち十字架の横の棒で、これはキリストをつるしたまま引き上げられ、所定の位置にねじで留められたのにちがいない。この同じ十字架は疑いなく何回となく使用されたものである。

ここでユダヤ人が口をはさんだ。そんなはずはない、と彼らは言った。処刑はローマ人が行ったが、場所はユダヤの法律がまだ絶対的であったユダヤの土地である。その法律がこの問題を明確にしている。なんであろうとも変死に関係したものは不浄であり、近隣を汚染するものである。処刑に用いる器具は、たとえ石を投げた残りかすや、血のついていない絞殺用のひもなどであっても、当時はただちに人目に触れないところに片付けねばならぬとされていた。

では、それはだれの仕事であったのか？

神殿の守衛でございましょう、とローマ人が言った。ローマ人はその種の儀式の習慣にはこだわらないものですから。

犠牲者の友人か家族でしょう、とユダヤ人が言った。この場合、明らかに彼らが遺体の始末を任されたはずである――最も異例の規定ではあるが。明らかに、すべての後始末が彼らに託されたはずである。

兵隊です、とキリスト教徒が言った。これは普通の処刑ではありませんでした。都じゅうが大騒ぎでした。警戒すべきことが起こりそうなきざしがありました。墓を閉め、守るよう特別の注意が出されました。あらゆる遺品を処理すべく特別の注意が出されたにちがいありません。

ともかく、とローマ人が言った。宗教上にしろ、非宗教上にしろ、歴史に不可解な空隙ができて、そこがついぞ埋まらないということでございます。当時何が起こったかを正確に知る術はもはやございますまい。

だが専門家がこぞって水をさしたにもかかわらず、ヘレナは目的に固執して離れなかった。

マカリウスはこの会議ではあまり発言しなかった。終わったあと彼女は彼の意見を求めた。彼はおずおずと述べた。

十字架を隠したのは明らかに使徒ではない、と彼は言った。もしそうだとすれば、そのときの記録が教会の事実集に残されているはずである。十字架については何一つ知られていない。そのことは彼が請け合ってもいい。隠したのはユダヤ人かローマ人で、秘密を抱いたまま死んでしまったのであろう。

「結構」とヘレナは言った。「そこから論議を始めましょう。一分隊が派遣されたとします。神殿の守衛でも軍団兵でも——どちらでもかまいません——大きな二本の角材を迅速に控え目に片付けるためにです。さあそれでどうするでしょう？　遠くまで運んで人の注意をひいたり時間をむだにしたりしてはいけないのです。周囲の地面は岩ばかりです。それを隠すほどの大きな溝を掘るわけにはゆきません。そしたら何を捜すでしょうか？　洞穴とか廃屋の物置——そのようなものでしょう。あそこにはそのようなものならたくさんあります。行く先々で、そういうものを見ました。わたしどものすべき仕事は、このゴルゴタの地周辺のそうした隠れ場所をくまなく捜すことです。そうすれば見つかるに決まっています。」

「奥さま」とマカリウスが言った。「陛下、奥方さま。ゴルゴタの丘の周辺の土地をお調べになりましたのですか？」

「まだ大して。いつも建築屋や他の人々が多過ぎます。」

「さようでございます。ではどうぞこちらへいらしてごらんください。」

ふたりは一緒に敷地の東の端へ行った。そこの土の隆起の上に立つと作業場が一望に見晴らせた。日没近い時刻で、作業員たちが一日のとり片付けにかかっている。ふたりの足元には囲いがされ、粗麻布をかぶされた二つの小さい隆起のある平たい荒地があった。敷地全体に壁と柱の基礎が作られ、その向こうとさらにその周囲に、全体の何倍もの広さにわたって外堡《がいほう》がのびている。前にあった荒石や岩はすでにとり片付けられ、基礎石と大理石は一か所に集められている。煉瓦がまと石灰がまとコンクリート・ミキサー。巨大な木製のクレーン。荷車に手押車。荷馬の厩と労働者の飯場。炊事場と公衆便所。製図室と簿記室。賃銀の保管してある番兵つきの金庫室。引き払ったり、半分とり壊したりして骨組だけになった家、まだ建ちかけで骨組しかできていない仮小屋などがあった。網の目のような土手道と掘り割りが続き、広い道路には支払い日に市場へ出かける前の人々をつかまえようと行商人がところ狭しと屋台を並べている。これらすべてが「聖堂を建てよう」のひと言によって出現したのであった。

そのうちには間違いなく秩序と尊厳がもどるものであろうが、とマカリウスは考えたが、皇太后のそばに立ってこの事態をお目にかけているいまは、ただこう言うしかなかった。「このような状況下で、地面の穴とか木片を見つけることができるとお考えでしょうか?」

「もちろんですよ、できると思いますよ。」ヘレナは快活に言った。

イエルサレムのだれしもがヘレナの活動力を認めた。この老婦人は全く疲れを知らぬお方だとみんな言った。だが事実は、彼女は非常に疲れていた。冬が始まっていた。修道院は吹きさらしで、湿気っぽく、冷えこんだ。彼女が老齢に備えて選んだダルマティアではこういうことはなかった。そろそろ質問もし尽くしたように思えてきた。だれひとりとして役に立つ答えを出す者はなく、だれひとりとして頼りにならなかった。クリスマスには彼女はベツレヘムへ向かう行列と一緒に馬を出す体力を持ち合わせなかった。代わりに修道院の礼拝堂の聖餐式に出て、尼僧たちに自分を囲んで騒ぐことを許し、祝宴を張りつつ、尼僧たちが特に彼女の部屋に焚いてくれた薪の火にかがみこんだ。

しかし十二夜[4]までには元気を回復して、その晩はかごでざっと五マイルの道程をキリスト降誕地の神殿まで赴いた。ごった返す巡礼者はいなかった。マカリウスとその司教区民は自分たちの教会で救世主御公現の祝日を祝っていた。ベツレヘムの小さな地方団体が彼女に挨拶をし、前もって用意しておいた部屋に案内した。彼女はそこで休息をして翌朝の明け方一時間前までまどろむと、呼び出されて星空の下に連れ出され、がっしりした洞穴に連れていかれた。そこには小会衆が集まり彼女のために女性側に一つ席を設けてあった。

天井の低い洞穴はランプがたくさんともされ、息苦しいほどむっとしていた。銀の鈴が三人の祭服を着てひげを生やした修道士の到着を知らせ、三人が古代の王たちそっくりに祭壇の前にひれ伏した。そして長い祭儀が始まった。

ヘレナはギリシャ語をあまり知らなかったから、心は、語られる言葉にも目の前に繰り広げられる場面にも向かなかった。これまでの目的さえ忘れ、すべてのことに無感覚になり、ただその昔の布に包まれた赤ん坊と、遠くから彼を崇めにやって来た三人の気高い賢者のことのみを考えた。

4 クリスマス後十二日

「きょうこそわが日」と彼女は思った。「そしてこれこそわが仲間。」

恐らくヘレナは、彼女自身の名声も、賢者たちのそれと同じく、ある信仰の行為として長く歴史にとどまることを感知していたにちがいない。彼女の名まえもまた彼ら同様、クリスマスが来るたびにユートピアよりいでて、絵本や玩具に囲まれた子供部屋に現れ、再びとろとろと燃える炉ばたの火《ほ》かげの中に消えてゆくのであると。

「わたし同様に」と彼女は三人に言った。「あなたがたもずいぶんと遅かったですね。羊飼いたちはとうの昔に来ています。牛でさえもです。あなた方がまだ途上にあるうちに、もうみんなは天使の合唱に加わっていました。あなた方を導くために、天は原始の規律をゆるめ、新しい挑戦の星が一つ、戸惑える他の星の間に、煌々と現れましたね。

ここへ来るのには、さぞ難儀なことだったでしょう。羊飼いたちがはだしで駆けまわるこの地点へ狙い定めてやって来るのには。来る道々、その田舎っぽい装束をして、その途方もない贈り物を携えていてはさぞ奇妙に見えたことでしょう！

これでやっと巡礼の最後の段階に来たわけですが、あの大きな星はいまだにあなた方の頭上に輝いています。途中何をしていたのですか？　ヘロデ王のところに立ち寄っていたのでしょう。愚かにも、うかぬお追従をとり交わしているうちに、暴徒と行政長官が罪のない人々に対し、終わりなき迫害の闘いをけしかけました！

それでもあなた方はやって来ました。そして追い返されることはありませんでした。あなた方もかいばおけの前に居場所を見つけました。贈り物は必要ではなかったけれども、愛をもってもたらされたるがゆえに、認められ、注意深く受け取られました。新しくこの世に生を得たお方の愛の秩序により、あなた方にも場所が与えられました。聖なる家族の目から見るとき、あなた方は雄牛やロバよりも低い位置にはいないのです。

あなた方はわたしの特別の守護者です」とヘレナは言った。「わたしたち遅く来た者たち、真実を求めて退屈な旅をしてきた者たち、知識と思索で混乱させられている者たち、いんぎんにも自らを罪を犯したる仲間となしたる者、その才能のゆえに危険に立たされている者たちすべての守護者です。

三人の賢者たちよ、わたしのために祈ってください」とヘレナは言った。「それから可哀想な重荷を負いたる息子のために。彼もまたほどなく藁の中にひざまずく場所を見つけますように。偉大なる者のために祈ってください。彼らが完全に滅びてしまわぬように。またラクタンティウス、マルシァス、トリーアの若き詩人たち、わたしの野性的で盲の先祖のために祈ってください。彼らの狡猾なる敵オデュッセウスのために、偉大なるロンギノスのために。

あなた方の奇妙な贈り物を拒まなかった主のために、すべての博識なる者、過《あやま》てる者、傷つきやすき者のために祈ってください。素姓卑しき人々がこの王国に来たるときも、神の王座においては、決して忘れられることがないように。」

第十二章　「エレンの偽作《インベンション》」

何週間かが過ぎ、建築家たちは穏やかな空のもとで働き、周囲の丘にはシクラメンが花開いた。だがヘレナはめぐり来た春に慰めを見いださなかった。もはやなすべき質問もし尽くしてしまっていた。

四旬節が彼女の気分にやや合っていた。当時はまだ禁欲生活が標準化されていないころで、イエルサレムでは日曜と同じく土曜日も休日とされていたから、五日制で八週間の断食を行った。そしてマカリウスが〝断食〟と言ったときには、ほんとうに〝飢える〟意味だった。他の司教区では勝手に軽減された方法を取り入れ――ぶどう酒、オイル、ミルク、簡単なオリーブやチーズのスナックなどを信者がうさぎのように絶え間なく口にするのを許していた。だがイエルサレムではもし断食の報いを得ようと願うならば、水とうすいオートミール以外何もとってはならなかった。ある者はゆうに五日間この食事を励行したが、多くは水曜を休みにしてたらふく食べた。またもっと弱い者たちは火曜と木曜に食べた。それぞれの能力に応じて判断するように任されていたのである。だが一旦断食すると定めたからには、完全にやらねばならぬ、それがマカリウスのやり方であった。

ヘレナはその年齢のゆえに、あらゆる義務を免除されていた。それにもかかわらず彼女は断食しようと決めた。その方が実際上、好都合のように思えたのである。彼女の疑問にはついになんの答えも出なかった。彼女は求めるものを見いだす月並な方法に疲れきっていた。「よろしい。断食の結果どうなるかやってみましょう。」

尼僧たちが彼女に健康を考慮するよう請うたが、むだだった。尼僧たちの心配はもっともで、何週間かがのろのろと過ぎるうち、ヘレナはしだいに弱り、ときには頭まで変になった。土曜や日曜が来てもヘレナは大して食べようとしない。聖週《ホーリーウイーク》[1]が始まるころには、彼女はついに、これが考古学者たちをやりこめた手ごわい女だろうかと思われるほどになってしまった。

しゅろの聖日《パームサンデー》[2]は厳しい試練の日であった。夜明けのミサ、オリーブ山への行進、一日じゅう山麓の聖所を一つ一つ訪ね歩く。最後に再びイエルサレム入りを行い、マカリウスがしゅろの葉をまいた道を歩いて聖墓にもどり晩祷を捧げる。その日の終わり、ヘレナは疲労のあまり修道院の用意してくれた夕食を食べることもできず、ただふるえながらベッドにはいこんだ。

1　復活祭前の一週間

2　復活祭直前の日曜日、キリストが受難を前にイエルサレムに入った日を記念し、通り道にしゅろを敷く

建築工事は聖週の間すべて中断された。全キリスト教市民が日々激しくなる信仰生活に没頭したからである。木曜の夜にはもう一度オリーブ山まで行ってそこを一巡する行進があった。ヘレナは決然として徒歩でこの日課に参加した。ろうそくこそしっかり手に持っていたが、頭はしばしば読唱や賛美歌のときくらくらとなった。その夜の終着点はゲッセマネで、そこでキリストの苦悩と逮捕を語る福音が唱えられた。最後の言葉を聞くと、全群衆は半ば習慣から、半ば自然発生的に、いっせいに悲嘆の声を上げ、泣き声とうめき声との大合唱になった。ろうそくはもうみんな消え、夜が白みかけていた。悲しみの行進は足を引きずりながら市の門をくぐってもどり、それからゴルゴタの丘で長い葬儀が始まるのだった。

聖金曜日の礼拝式が終わったとき、ヘレナはひとりぽつねんと部屋にひきこもっていた。悲劇は終わった。石が墓の口にころがされた。弟子たちは各々の胸に苦悩と恥辱を抱いてそっと去っていった。ピラトはぐっすり眠った。一日のざわめきの後、死せる神は経かたびらに、市は静寂に包まれた。ヘレナのはりつめた胸はその昔の遺族の女たちのそれと同じだった。

尼僧が彼女の手をつけずに残しておいたオートミールを持ってきた。みんなヘレナのこと、その熱っぽくじっと見すえた目、ふるえる四肢のことをささやき合っていた。中のひとりがケシのシロップを持ってくるとヘレナは受け取った。この一週間というものあまり眠っていなかったが、いまになってやっと、聖墓の遺体のごとく、ゆったりと身を横たえた。

昔からヘレナは眠ると決まって毎夜、たくさんの夢を見た。若いころ狩りで遠出したあくる朝でさえも、失われた場面を見る思いで目を覚ました。目覚めの心はつかの間、別れの痛みにはりつめ、それからじきにゆるんだ。いま、これでもかというわびしい夜を迎えて、彼女には、時たま経験することのある、深い眠りに落ちるというよりまるで昼間はっきり目覚めてでもいるような、彼女が神のものと考えている夢を見た。

彼女は夢の中で起きてただひとりソロモンの神殿の壁に沿った小道を歩いていた。そこは日中はいつも人ごみなのにそのときはそうではなく、ほこりも立たず、何もなく、静かで、山の峰のように輝いていた。ヘレナは自分が再び若くなっており、その小道の反対から近づいてくるひとりの男ににこやかに挨拶をしているのを知っていた。男はまるで父の家臣のひとりででもあるかのようで、彼女はこれから狩りにでも乗り出すかのようである。男は「お早ようお嬢さん」と答えたが、その言葉はその時を超えた朝にきわめて自然で適切であるように思われた。

男は中年でユダヤ正教徒らしい服装をし、ひげをたくわえている。

「神殿の壁で嘆こうとして来たのね?」

「いや違います、お嬢さん。この装束で判断なされてはいけません。わしは昔の場所がどうなっているか見るためにここへ来るときのみこの衣装を着けるのです。わしは長いこと外地を旅して歩きました。そして心が開けました。このあたりでお会いなされるユダヤ人の数は少ないでしょう。それは当然です。かつてはわしもそのひとりでした。この通りの先に小さな店を持っていたのですよ。大して大きなものではありませんでしたが、もしローマ人がつぶしてくれなかったら、わしはそこから動くこともしなかったでしょうな。ですから、お嬢さん、実のところ、わしは彼らに感謝しているんですよ。」

ヘレナはこの日のこの出会いはどの暦にものっていないことを知っていた。「きっとずいぶんのお年なんでしょうね」と彼女は言った。

「そういうことになるでしょうな。いくつになるのか、到底、おわかりになりますまいよ。」

彼女は彼をじっと見つめ、この甦りの朝にもこの男は青春を取りもどしていないことを知った。肌は玄武岩のようになめらかで、髪にもわずかに白いものが混じっているだけだ。体はがっしりと強そうである。だがその快活で押しの強い話しぶりに反して、目だけがワニのそれのように冷たく疲労している。「最初につぶしにかかったのはティトゥスです。わしの商売はすっかりだめになりましたよ。それでまた少しずつ再建にかかりました。するとまたトラブルです。何もかもがまたつぶされました。もうたくさんだと思いました。二度もつぶされればたくさんですよ。それで旅に出ました。以来、多くの浮沈がありましたが決して後ろは振り返りませんでしたね。ここへ来るときはこんな格好をしますが、それがわしの主義なのです。どこにいようとも、するべきことのポイントをつかんでする。ボルドーでは黄色いズボンをはき、ゲルマニアでは狼の皮を着ていました。ペルシャでは宮廷でわしをお見かけになったはずです。適応性——それがわしごとき人間の処世術の秘密ですよ。

わしは香を扱っているのですよ。これ以上の取り引きはありません。おもだった神殿はみなわしの帳簿にのっています。みんなわしがよい品物を扱っていることを知っていますからね。自分の手でアラビアで仕入れて、自分の手で船で送る。それにみんな喜んで取り引きしたがるのはわしが敬虔な人間だからなんですよ。彼らの崇めているものがたとえなんでも――猿でも蛇でも――フリュギアで前に一度恐ろしくいかがわしいのを見ましたよ、ほんとう――わしは常に宗教を尊びます。わしの生活の糧ですからね。

そりゃもう特別な商売ですよ、わしのは。よく聞き耳を立てていてくださいましよ。特に新しい宗教が始まったとか、新しい神殿ができあがったときとかね。それできょうここへ来ているのですよ。ハドラマウトのバザールで人がイエルサレムのうわさ話をしてましてね。ローマ人が新しい神殿をここにこしらえていると言って――特にあのガリラヤのイエスに話していましたよ。おかげで少し引きもどされてしまった。ざっと三百年ばかり、引きもどされた。きょうここに来たのはみんなあのガリラヤ人のためですからねえ。」

「彼をご存じでしたの?」

「まあ、言ってみれば知らないということでしょう。当時のわしはユダヤ最高議会と密接な関係にありましたからね。あのガリラヤ人とつき合ったりしては商売上よろしくなかったでしょうな。このごろはなんと変わったことか。

あのお人は処刑の日の当日、うちの店の前にさしかかりました。まさに戸口のところでつまずきました。そして中にころげこみました。だれかが手を貸して十字架を背負ったそのお人を助け起こしてやらねばなりませんでしたよ。いいですかね、言っておきますが、わしはりつけは賛成ではなかった。生かしてやれ、助けてやれと言いたかった。しかし家の戸口に置いとくわけにはいかない。でしょう？　それで急いで近寄っていきましたよ。『さあ、さあ』とわしは言ったんです。『困るね。ここはあんたのような人のいるところじゃない。』その人はわしのことを見上げましたが、それほどいやな顔ではありませんでしたよ。ただもっとよく見知っておきたいというような顔つきでしたねえ。それからこう言いました。『わが来たるを待て』と。そのときは大してなんとも思いませんでしたが、それ以来、いろいろ考えたんですよ。正直のところ、お嬢さん、考える時間は充分ありましたからね。その当時まだ五十にもなってませんでしたが、その日以来今日まで一日も年を取った気がしませんよ。奇妙なことじゃありませんか？　宗教のことならわしにはなんでもわかっているとお思いでしょうがな、商売のことならそうだが、宗教は違う。奇妙だと思うことがまだいろいろとあるもんです。

わしは百五十回からあとの誕生日は数えるのをやめました。そのころまでは他の人がみんな死んでいくのを見て興奮したもんです。だがそのあとは興味もなくしました。だれもわしを信ぜず、わしのような年齢の者と商取引するのも喜ばなくなったのです。みんなわしが何もかも知り過ぎていると思っているのでしょう。しかし人はある時期を過ぎるとあらゆる物の数を忘れるものですよ。女の数が最初で、最後には金までも。」

「その日のことをもっと話して。」

「いやでしたねえ」と事業家は言った。「率直に言ってまったくいやでしたね。暗くなって。地震があった――大したものではなかったが、いろんなことがあったうえにこれだから、人々はみんな神経過敏になりましたよ。幽霊を見たなんて言う人もいましたよ。あれは奇妙な日でしたね。取り引きもなかったし。しばらくしてわしは店に錠をかって何が起こったのか見に出かけたのですよ。しかしわしが着いたときにはもうすべてが終わっていました。人々が死体をおろしていましたよ。」

話しながら皇太后と事業家は小道を歩いて、聖堂の建ちかけている場所へ来ていた。

「考えてもごらんな。年がら年じゅう、こういう風にたくさんの金があのお人のために使われている。それでこそわしの商売がおもしろくなってくる――常にびっくりするようなことになる。」

「十字架はどうなったの?」とヘレナが聞いた。

「ああ、あれは処分したんですよ。三本ともみんな。法でそうしなくてはいけないんですよ。」

「どこへ処分したの？　覚えていて？」

「はい。」

「その十字架が欲しいの。」

「しかし考えてみると、あのガリラヤ人が突然こうも人気が出て尊敬されるようになったとすると、あのお人に関係したものにはみんなたいへんな需要が出てくるでしょうな。」

「どこにあるのか教えてくださらない？」

「いいでしょう。」

「あたしはお金持ちよ。お値段を言って。」

「あなたからは何もいただきませんよ、お嬢さん、こんなささやかなサービスに対して。そのうちたんまりもうけるから。わしの商売を長い目でゆっくり見ていてくださいよ。わしの見るところ、このガリラヤ人の新しい宗教はかなり長いこと続きそうですねえ。一つの宗教がどうやってスタートするかなんてことは、だれにもわかるもんじゃありません。じきに聖なる人間、聖なる場所があちこちにできますよ。古い神殿は名まえを変えるし、幽霊だの巡礼だのが続々出現しますよ。十字架のほかにいろんなものを欲しがるご婦人方も出てくるでしょうな。望みたいことは、正しく出発して欲しいということですね。数少ない真正な遺品は、真に尊敬すべき人の手に渡って欲しい。そのあとはだれでもいいのです。真正品は需要に見合うほどたくさんはないでしょうから。そこでわしの出番ですよ。たんまりもうけさしてもらいます。あなたからはいま何ももらおうとは思いませんよ、お嬢さん。あなたが十字架を手に入れてくれればわしもうれしい。何もお手数はかけません。」

ヘレナはじっと聞いていて、その輝かしい時を超越した朝の他のすべてのものと同様鮮やかに心中に店の品物を見た。キリスト教国の聖域が市場の出る広場に一変し、厩にビーズやメタル、神の印をかたどった何やらわからないものがぶらさがり、どこやらわからない国の言葉で値切る声までが聞こえる。彼女は教会の宝物が贋造品やぺてんの品と混じって積まれているのを見た。キリスト教徒たちが争ってがらくたを盗み取っていこうとしているのを見た。それらをながめ、考えてから彼女は言った。「法外なお値段。」それから「十字架を見せてちょうだいな。」

「あれは彼らが古い地下の貯水池に投げこんでしまいましたよ」と例の事業家が言った。「門の外にあるあの貯水池に。階段をおりたところのでかいやつに。あれは長いことこの市の外れの地方の給水源だったが、何かの理由で何年か前に干上がってしまったのです。」

「それはどこにあって？」

ためらいもせずにユダヤ人はヘレナを新しい台地の西の外れへ案内していき、その先の荒石を積み上げたところへ行った。

「はっきりは言えないねえ」と彼は言った。「このあたりはすっかり変わってしまったから。」

彼は例の疲労した、抜け目のない目で、変わり果てた景色を見回し、二地点を見つけた――聖墓とゴルゴタの頂上を。遠方を注意深く調べ、ついに踵で地面をけった。「ここを掘りなさい」と彼は言った。「外れてはいまい。階段が見つかるまで掘りなさい。」

そこでヘレナは目が覚め、暗闇でただひとり、やや薬が効いたままに、またもとの老いた女にもどっていることを知った。彼女は横たわったまま希望と感謝の祈りの夜明けがやって来るのを待った。

明るくなると彼女は聖墓へ行った。人々がすでに聖土曜日の第一礼拝式に集まってきている。彼女の姿はそこではすでにおなじみになっているので、なんのうわさもよばなかった。

彼女は夢で歩いたとおりの小道をたどって、荒石の山に登り、事業家と一緒に立った地点に立った。事業家が踵を立てたのを見たあの泥の上には、ちょうど山羊の蹄あとのようなしるしがつけられていた。ヘレナはそれをそっとこすりとり、代わりに彼女自身のしるし、小さな小石を十字架の形に置いた。

復活祭の直後に改めて発掘が始められた。ヘレナもそばに来て作業を見守り、おごそかに最初の籠《バスケット》にがれきを満たした。彼女の命令は絶対であったが、この作業場のだれひとりとして日課である聖堂工事の中断を歓迎する者はいなかった。現場監督にとっては、この気まぐれな老婦人の持ちかける工事の延引は無限に長いように思われ、労務者たちでさえも腹を立てた。労務者にとっては、命令に従って緊張し汗して地面に目をこらすことぐらい、たとえそれがなんの役に立ち、何ゆえ行われるのかわからなくても、どういうこともあるまい、と思えるかもしれない。しかし工事がやっと形をなした段階に到達し、大きな壁の設計がはっきりしてきて、だれもがこの歴史的事業の一端を担っていることに誇りを感じはじめたところだった。そこへ来て、前に彼ら自身が骨折って埋めたがれきを動かせと呼び集められたのである。しかも水のかれた貯水池を見つけるために。飯場や製図事務所で不満が起こった。マカリウス司教も混乱が長びいているのを見て悲しみ、正規の礼拝にもどることをまた少し延ばした。それにもかかわらず発掘は進められた。楽しくではないが、ローマの方式と規律によって。

彼らはゴルゴタの丘の西側の斜面をいよいよ深く掘っていった。彼らの埋めた新しいがれきの下に膨大な量の古い石材が見つかった。以前そこに投げこまれた市の壁の一部である。その石材の下に天然の岩があり、そこのまさにヘレナの指摘した箇所に階段と低いアーチがあった。そこはマカバイ家[3]の時代に女たちが水がめを満たし、キャラバンが市に入る前に水を飲みに足を止めたところであった。入り口は屋根までふさがれており、ここでヘレナが命令を出してつるはしやシャベルを片付け、もしつっついても大切な十字架の木をあまり傷つけずに済むよう木製のシャベルが使われた。がれきはバスケットに入れる前に綿密に調べられ、木片はどれも注意深く取り分けられた。この方法をとりながら彼らはゆっくりと掘り進んで、ついに四月の終わりになって、ヘレナを除く全員の驚愕のうちに彼らは貯水池にゆき当った。松明を照らしてみると大きな穴蔵の廃墟が一つあり、腰の深さほどに崩れた丸天井の岩屑《がんせつ》が埋まっていた。これが求める一郭だと思えたので一同はにわかに興味と熱意を示した。ヘレナは象牙のいすを運びおろさせてそれに座り、ひとり

3　紀元前百六十年頃のユダヤの指導者

の尼僧に付き添ってもらい、何時間も炎と煙とほこりの中にいて男たちが働くのを見守った。

それは何日も要した。屋根が落ちこみそうになると彼らは炭鉱夫のようにつっかえ棒をして掘り進んだ。バスケットに何杯も何杯ものがれきが運び出され、ふるいにかけられ、ほうり投げられた。ヘレナは小さな王座に座って見守り、祈った。最終の二日前になって彼女の捜しているような大きな材木が隠されている場所はもうどこにもないことが明らかになった。だが彼女は少しも当惑を示さなかった。ついに全区間が浚《さら》われ、きれいに空《から》にされたときもヘレナは座って祈っていた。

付き添いの尼僧が言った。「奥方さま、もうお帰りになった方がおよろしいのでは?」

「なぜ? まだ目ざすものが見つからないというのに。」

「でも奥方さま、ここにはございません。いつも夢をお信じになるわけには参りませんでしょう。悪魔から送られる夢もあるのですから。」

「わたしの夢は大丈夫です。」

現場監督が作業員を解散させる許可をもらいに来た。「もうとうに外は暗くなりました。」

「ここではそのようなことは関係ありません。」

「ですが奥方さま、何をさせたらよろしいのですか?」

「お捜しなさい。」

老婦人はいすから立ち上がり、松明を持った男に付き添われて、ゆっくりと穴蔵を調べてまわった。南西の角へ来たとき、彼女は持っている杖で壁をたたいた。

「これをごらん」と彼女は言った。「ここにとびらがあったのをだれかが急いで不器用に塗りこめたのです。」

現場監督がその角を調べて「はい」と答えた。「確かにここに何かあったようでございます。」

「これはだれの仕事か推察できるように思いますよ。石が聖墓から転がってもどってきたので、司祭長がこれ以上何も逃げないようにと念を入れたのです。わたしの国では馬が盗まれるとそのあとでは厩のとびらの錠をかけます。」

「はい、奥方さま、それはたいへん興味あるご推測です。多分明日にでも。」

「この壁の反対側に何があるか見るまではわたしはこの穴蔵を動きません」とヘレナは言った。

「有志を募りなさい。この仕事には少人数のグループで結構。それも全員キリスト教徒にしてください。このようなときには異教徒にはひとりも立ち会ってもらいたくありません。」

そうしてヘレナは祈りを続け、一方で壁が壊された。簡単な作業で、壁が崩れ落ちると石が一つころころと転がり出て暗闇にまぎれて見えなくなった。その先の通路は険しくがれきもまるでない。作業員たちは逡巡して立ちつくした。

「進みなさい」とヘレナが言った。「きっとその中に十字架があります。ひょっとすると一つでなくもっとたくさん。見つけたら注意して持って上がってください。わたしはここに待っています。まだいくつかお祈りを唱えねばなりません。」

小さな松明に照らされた一隊がその中に消えた。ヘレナは彼らの慎重なつまずくような足音がくだって行き、だんだんと消えてやがてまたもどってくるのを聞いた。

先頭の松明持ちが入り口に現れ、続いてふたりの男が角材を持って出てきた。

「まだ何本もございます、奥方さま。」

「全部持って上がりなさい。そしてここに置いてください。司教が朝になったら見てくれるでしょう。作業員たちにはたっぷり支払ってください。」彼女は半ば目の眩む思いで現場監督に言った。「その木には見張りをつけて。」それから尼僧の手を取って支えと案内を求めて言った。「さあこれで終わりました。」

翌五月三日、司教マカリウスとヘレナは、彼女の発見した品を調べた。それらは新しい聖堂の床舗に並べられたが、重要なものから順に挙げると、まず三つの十字架の棒、これはばらばらになってはいるが、完全に保存されていた。次に二つ割りになった告知板。釘四本に三角形の木片。割れた告知板の半分には古代の三大国語がなぐり書きされて、丈の高い柱にくっついている。

「あれに間違いありませんね。」ヘレナは元気よく言った。

ついに要求が満たされたとあって、あらゆる感傷が消え、彼女はまるで家庭に新しい家具が配達されてきてその配置を考えでもするかのように、立ちまわった。

「釘は聖十字架につくのでしょう」と彼女は結論した。「そしてあれは、足掛け台だと思いますよ。」

「そうらしいですね、奥方さま。」

「今度は十字架の横棒です。どれがどれにつくのかよく調べなくては。大工をひとり連れてきてください。助けになるでしょうから。」

しかし大工は知る術がないと言った。いずれにしても粗雑な仕事である。どれも合わない。

「神のみぞ知るだ」と大工は言った。「どいつがどこんところに合うだか。」

「では神が示してくださるでしょう」とヘレナは言った。

「陛下、奥方さま、奥さま」とマカリウスが言った。「そう毎日、奇跡をあてにされてはいけません。」

「なぜいけません?」ヘレナが言った。「神はもしわたしどもに理解することを望まれないなら十字架をお与えくださるはずもないでしょう。だれか病気の者を見つけなさい。重病の者を。」彼女は言った。「そして十字架の横棒をあてがうのです。」

効果があった。この驚くべき旅においてヘレナに起こったこれまでのすべての出来事と同じく。棒を全部、瀕死の女の寝ている病室へ運んでいき、一度に一本ずつベッドの上に置いた。二本では何ごとも起こらなかったが、三本目で完全な回復が見られた。

「これでわかりました」とヘレナが言った。

それから彼女はこの財産の配分にかかった。半分をマカリウスに、半分を残りの全世界に。彼女は真の十字架の横木を取り、マカリウスに縦の棒を与えた。また告知板のヘブライ語で書かれた部分も与えた。四本の釘はコンスタンティヌスのためによけておいた。三角の木片はいっそうその値打ちが疑われる。もし磔刑《たっけい》人の足台が使われたとすれば、その足台かもしれない。一方、単なる木片かもしれない。だが彼女はそれも自分の荷物に加え、のちに批判的でないキプロス人にそれを贈ってこのうえなく喜ばれた。他の十字架はついに区別でき難いことがわかった。一つは悔い改めた泥棒、一つは不敬な相棒のものであるが、どちらがどちらであろうか？ そして重態でない病人、軽い神経障害のある人々が次々に連れてこられ、棒に触れさせられたが、何も治らぬまま帰された。ヘレナのように、ひとりブリトン人のみが問題を解決できたのかもしれなかった。彼女は大工を呼んで四本の材料をはがさせ、両方を混ぜて半々ずつにした十字架を作らせた。それができると一つをマカリウスに与え、一つは自分で保存した。

そうこうするうち、信号所が発見のニュースを首都にふれ回り、早馬が知らせを持って全キリスト教界を走った。王室の聖堂では神の賛歌《テ・デウム》がうたわれた。その日、静かに宝を分配する皇太后を見守った人々の中で、その歓喜を完全に理解できた者はいなかったにちがいない。彼女の仕事は終わったのだった。いま彼女は聖者のみが成功し得る仕事、聖者の高潔なる資質を必要とする仕事をなし遂げた。完全に神の意に従ったのだった。数年前に華々しく中央の舞台でその義務を全うした者もいる。それに比べると彼女のはずっと穏やかな、単に木材を集める仕事だった。それはまたとない、控え目な目的であったが、そのためにこそ彼女はこの世に生を受けたのであった。そしていまその目的が果たされた。彼女は高価な船荷とともに喜びに満ちて出帆した。

彼女は、信ずべき歴史を離れて帆走した。アドリア海の漁師たちは、彼女のガレー船がやって来て難破しそうになったとき、聖なる釘を一本投げると怒れる海が穏やかになり、以来ここの海は船人には常に優しいと語る。

キプロスの漁師はサタリア湾の危険な海岸でも彼女が同じことをしたと言う。キプロス人たちが口をそろえて言うことには、そのとき彼女はその地に上陸し、十七年間旱魃《かんばつ》が続いて死に瀕している土地を見た。カタリナが殉教死して以来、キプロスには雨が降らないのだった。地面はむき出しになって焼け焦げ、進取の気性に富む人々はみなこの地を去って外国に新しい住居を見いだした。かつての豊満な人口の残りは苦難の生活から残酷になり、この地に集まってくる旅人たちをユダヤ人と憶測して殺害したりした。島には悪鬼が住みつき、暗い時刻はここをほしいままにするので死者を埋めることもままならない。見苦しくなく埋葬したと思う間もなく掘り返されて投げ返され、自家の戸口で腐っているのだった。

この人たちのためにヘレナが例の泥棒の合成十字架を立ててやると、たちまちにして旱魃がやみ、着いたときには干上がった溝であったところを渡るのに橋をかけねばならないほどになった。その橋は今日でも残っているらしい。彼女はまた足台とおぼしき例のものをのこぎりで切り分けて、二つの小さな十字架をこしらえ、島人たちに与えた。すると悪鬼はたちまちにしてけたたましい一群となり、ついにはホシムクドリほどの大きさに縮んで高い空に消えてしまった。そこで彼女は近隣の島々、主としてテロスより新しい住民を呼び寄せ、いまや肥沃になった土地に住まわせた。彼女が残してきた十字架は教会の中に立てられて、そこで何世紀かの間、ついに異端者が島をのっ取るまで、支柱もなしに宙に浮いていた。彼女は何ぴとも知らない場所を訪れるためになおも航海を続けた。というのは見捨てられた海辺の人々が彼女を心から迎え、神話と記憶に残る最も偉大で情け深い婦人のひとりとたたえたからである。彼らの詩によると彼女の船荷は、不思議の国の発掘物を集めて何倍にも豊かにふくれあがった。

やがて彼女は新しい都にいるコンスタンティヌスのもとに帰り着いた。恐ろしく安ぴかな各省の建物が彼の周囲に無謀なほどのスピードで建っていた。ちょうど彼は自分の記念碑である巨大な白い台座の上に立つ空前の高さの斑岩の円柱にとりかかっていた。その頂点には最近アテネから輸入したばかりのフェイディアスの巨大なブロンズのアポロ像が載ることになっていた。聖なる釘はまさに好時期に到着した。というのはコンスタンティヌスはそのアポロ像の頭を切り落として首の上に自分の彫像を載せ、そのころはちょうど全身にかぶさる後光のとりつけ工事を監督していたところであった。釘の一つは皇帝の頭蓋骨から発する光線の一本として打ちこまれた。

　コンスタンティヌスは最近、遺品に興味を示すようになっていた。ローマからパラディオン[4]そのものを持ってきて、自分の記念碑の基礎石にはめこんだ。

「トロイの一部を持って出発することはうれしいですね」とヘレナが言った。「おじいさまのコエルもお喜びになるでしょうよ。」

「これと同じくらい貴重なものはたくさん手に入れました」とコンスタンティヌスは言った。

「運がついているというものです。基礎石をすえたところにパレスティナの商人が一級の収集物を持って現れたのです。実に貴重な品ばかり。もちろんたくさん買いました。ノア

4　アテネの守り神パラスの像でこれがある限りトロイの安全は保障されると言われた

の手斧などもありました——箱舟の中で使ったという手斧ですよ。それから、マグダラのマリアの雪花石膏のつぼとか、その他さまざまのものが。」

「それをみんなどうしましたか、息子や？」

「みなそれ、そこの円柱の底にあります。何ごとがあっても揺るがすことはできますまい。」

彼は釘を喜んだ。二本目のは帽子に打ちつけた。三本目はさらに特異な使用にあてた。鍛冶屋に送って彼の馬の小勒《しょうろく》にたたきこませた。この話を聞いたとき、はじめヘレナは少々あっけにとられた。だがそのうちにっこりし、くすくす笑い、あの謎の一語「馬丁《スタブラリア》」を耳に聞いた。

彼女の体力は急速に衰え、ほどなく遺言書を作ることが必要になった。彼女は詳細にわたってすべてを処理し、聖衣はトリーアの故郷へ、十字架の棒と告知板はセソリアン宮殿の彼女の新しい教会へ送り、持っている宝物はどの友人をも忘れないですべて分割し、分配した。どこかでどうしてか彼女の荷物に加わった東方の三人の博士の遺体は、ケルンに送ったものと考えられている。ついに彼女は豊富であり余るほどの宝物をすっかり空にし、もはや疲れ果てた彼女自身の肉体以外に手離すものはなにもなくなった。これはコンスタンティヌスが、がらんとした大きな円形の桟敷の真ん中に記念碑があるだけで崇めるものの何もない彼の使徒教会にと望んでいた。だがヘレナはどこに眠るべきかをすでに決心していた。彼女の最後の行為は自らを遺言でローマに譲る仕事であった。

ヘレナは三二八年八月十八日に死んだ。人々はその遺体をローマに運び、コンスタンティヌスが自分のためにデザインしておいた石棺に納めて、都から三マイルのパレストリーナに至る路上に建設してあった大霊廟に安置した。彼女はそこでじゃまされることなく教皇ウルバヌス八世の代まで眠り、そこで骨をアラ・コエリの教会に移され、今日までそこに眠っている。彼女から数ヤードと離れていないその教会の階段の上に、のちにエドワード・ギボンが座って彼の歴史の構想を練った。

ヘレナの多くの祈りは一様な答えを受け取らなかったように思われる。コンスタンティヌスはいよいよ最後というときに洗礼を受けて、すぐさま堂々と天国にはいれることを期待しつつ死んだ。ブリタニアもやがてキリスト教国となり、百三十六の教区教会ができて、トリノヴァンテスの古い島々にあるそのうちの多くはヘレナに献ぜられた。聖所は崇められたり神聖を汚されたり、失われたり勝利を得たり、買われたり駆け引きされたりを交互に何世紀もの間繰り返した。

だが十字架はもちこたえた。木っぱとかんな屑の中に豪華に納められて世界を旅し、すべての民族に喜ばしい歓迎を受けた。

なぜならそれがある事実を物語るからである。

しゃにむに獲物を追う猟犬が止められる。狩猟らっぱが高らかに隠れ場をついて響く。ヘレナはまた犬を臭跡にもどしてやる。

せせらぎのごとく過ぎゆく彼女の年代とわれらが年代を通じて、彼女が一つ無遠慮に主張していることがある。あるものはただ希望のみと。

解説　歴史小説のなかの聖ヘレナ

イヴリン・ウォー Evelyn Waugh（1903－66）の『ヘレナ』（一九五〇）のような、小説の、それも歴史小説のおもしろさを十分に味わわせてくれる作品に、ことさら解説の文章など必要とも思われない。しかし作者が対象に望んでいるのはいわゆる小説読者ばかりではないのだから、そのような日ごろ小説と近づきのない方たちのために作品の読みどころを指摘すれば、何かの役に立つと考えられる。

＊　＊　＊

ウォーが『ヘレナ』を書かないでいられなかった気持ちは「まえがき」をとおして痛いほど伝わってくる。彼は聖ヘレナの十字架発見を偽造と誤解するほどの伝承に関する無知にがまんできなかった。この程度の無知、無理解は世界のいたるところで見つかるのだから、たまたま槍玉にあげられた婦人も不運である。しかし風刺家ウォーがこの無知を見のがすはずがない。彼は発見であって偽造でないと強調する。だがそれだけの動機なら『ヘレナ』は底の浅い啓もう的な読物にしかならなかっただろう。伝承、伝説そのものについての研究が進んだ現在、発見だとする主張にわかりきったことをと鼻白むむきもあるかもしれない。もっとも例の婦人のように無知の場合は話がちがってくる。

　コンスタンティヌス大帝の生母であるイギリス女性が十字架を発見した。ウォーはこの伝承を再構成してみたかったのである。コンスタンティヌス大帝の生母、イギリス女性、十字架の発見と作品内容を三分して考えることができる。キリスト教を公認した最初のローマ皇帝の生母ヘレナは、聖ヘレナであり、ヘレナ太后と呼ばれる。息子が地上最高の権力者となっても、ヘレナにとっては母としての立場は本質的に変わらない。土木建築にうきみをやつす息子に対し、ヘレナはいっこうに甘くない。彼女にはコンスタンティヌスの本体が見えているのである。しかし彼の側には模範的君主であり、模範的息子だという意識がある。市民のために日夜これほど骨を折っているのに少しもありがたがられない、ネロ皇帝と違うではないかと訴えても、ヘレナはおお、かわいそうな息子などと慰めたりしないのだ。恩寵なき権力の行使の無意味さをズバリいってのける。優秀な子供？に遠慮がちな現代の母親たちを、ウォーのコンスタンティヌス大帝を突いた風刺の剣がたちまち見舞うのである。

*　*　*

おもえば風刺の鋭利さはウォーの現代小説の特徴であった。『大転落』（一九二八）『卑しい肉体』（一九三〇）『黒いいたずら』（一九三二）『一握の塵』（一九三四）などみな風俗のなかに埋没して日を送る現代人の恩寵のない生活をおもしろおかしく風刺したものであった。したがってウォーの小説は、どれほど喜劇的であっても欠落感を読者に残す。満たされない空所をかくしている行文にウォーの力量不足が露呈しているのではなかろうかと疑われることもあった。実はその欠落感は意図的に彼の作品にとりこまれたものなのだ。何か重大なものの欠如があり、それを忘れようとする快楽追求、趣味に惑溺する生活があった。危機をはらんだ現実をウォーは小説という鏡にうつし出した。彼のリアリズムは社会の現実と対応しながらみがきをかけられた。一九三〇年に改宗した彼に作風の変化がきざすのは『一握の塵』あたりからだろう。重大な欠落をどうしたら充当することが可能か、まじめに考えて行動に移す人間が作品に登場しはじめる。精神的空洞にほかならない欠落をうめることができるのは、恩寵をおいてほかにない。ウォーの小説は、心理、精神というより霊魂と呼ばれてしかるべきものを描こうと模索しはじめた。そのような作家的努力の成果が『ブライヅヘッドふたたび』（一九四五）となった。ここには欠落箇所に恩寵を招請しようと祈った人間の姿が感動的にイメージを結んでいる。いまや『ブライヅヘッドふたたび』はG・グリーンの『権力と栄光』(一九四〇)と並んで二十世紀を代表するイギリス・カトリック小説と評価されている。ウォーは作家として認識力を養いつつ求道性を強めていった。『ヘレナ』はそうした彼の円熟期に書かれた作品である。

＊　＊　＊

聖ヘレナにウォーは一人の求道者の姿を認めた。彼女は小説のなかではイギリス女性である。しかしこれには種々の異説がある。聖人伝の記載もまちまちだ。彼女の出身地は近東ともいわれ、イベリア半島とするものもあり、ウォーはブリテン島とした。人気のある聖人に各地が権利を主張しているかのごとき観がある。出生地について異説があるばかりか、出身階級についても記述に天と地ほどの差があるのだ。王家の息女とするものもあれば、宿駅の遊女となっている本もある。ビードの『英国教会史』(七三一)では後者がとられている。ひとくちにいえば聖ヘレナの出生は秘密のベールに包まれているのである。しかもコンスタンティヌス大帝の生母としてキリストの十字架を事件後数百年にして発見しているのだ。聖ヘレナの生涯を小説化するのはきわめて困難にみえるが、彼女ほど歴史小説の主人公としてうってつけの人物は少ない。魅力的な歴史小説の主人公たる資格に「出生の秘密」がある。サッカレイの歴史ものの傑作『ヘンリ・エズモンド』(一八五二)

の主人公に出生の秘密がなかったら、その魅力は減殺されたであろう。作家がどう出生の秘密を扱い、謎解きをするかに作品の成否がかかってくる。この点でウォーの手ぎわはさえているといわなければならない。やがてコンスタンティヌス大帝の父となる運命のコンスタンティウスを彼はエリート・コースを歩む青年将校にしたて、しかも占領地を巡回する情報官の役を与えた。そしてブリテン島に赴かせる。コンスタンティウスは現地民の王女と結婚する段どりとなる。しかしこの結婚はまことに本国への聞こえが悪い。配偶者についての事実をそのまま知られると出世の妨げとなる。そこで夫自身が妻の出身地や身分について誤報を広めるという奇妙な事態となった……これがウォーの行った出生の秘密の謎解きである。史実そのものを解明しているかどうかは断定できない。ただこの解釈の仕方が伝承のこころを最も忠実に生かした解釈といえよう。ウォーの個人的才能がこの謎解きを可能にしたのに相違ないが、しかしイギリス人の民族の知恵も働いていることを確認しておきたい。聖ヘレナがブリテン島出身であることがかつてイギリス人の誇りだったのである。小説のうち、歴史小説ほどエトス（民族精神）のくっきり現れるものはない。こういう意味で『ヘレナ』はイギリス的な小説なのである。ウォーは、

「ローマがイギリスを征服してまもなく、イギリスはローマに皇帝を与えることになっ

た。イギリスからはすべてのイギリス人が誇りとした偉大なヘレナ太后が現れた。彼女はコンスタンティヌス大帝の母である。そしてコンスタンティヌスこそ後代が抗議したり、廃しようと争ったあの布告をはじめて掲げた皇帝ではなかったか」（『イギリス小史』）と書いたG・K・チェスタトンの継承者であった。

＊　＊　＊

聖ヘレナの十字架発見はいかにもイギリス女性らしい仕事である。彼女たちはその男性たちと同じく実際的であり、事実を尊重した。そしてキリストが十字架につけられたという歴史的事実のもつ重要性の前にたちはだかる、より重要な理論などありうべくもなかった。異端、邪説の宮廷内にさえはびこる思想混乱に対して思いたったのは、事実を突きつけることだった。それでは事実を十字架という事物によって証拠だてようとするのは単にイギリス的なことなのだったろうか。まるきり民族的なことなのか。答えは否である。キリスト教の秘義は聖餐《サクラメント》にかかっている。キリストの血と肉という聖なるものにかかっている。G・K・チェスタトンがここのところを次のように書いている。

「神秘的な物質主義がキリスト教をその誕生当時から特徴づけていた。その核心はご聖体である。種子がいたるところにまかれているように聖遺物の所在地がある。聖なる悲劇か

ら使命を受けた人々は目に見、手にふれることのできる断片をたずさえて、これを胚珠にして教会と都市を作った。」（前掲書）

この意味で聖遺物はキリスト教の核心とつながっているのである。そう考えると聖ヘレナのこころはイギリスという一地域のこころではない。全世界のこころ、普遍《カトリック》のこころなのである。聖ヘレナのこころに触れたという実感が歴史小説『ヘレナ』の読後感となるように作者はさぞ切望していることであろう。空理空論に対する無言のしっぺ返しがここでもウォーの風刺となっている。小説は読者を伝承の世界に遊ばせながら、その意図においてまじめであり、顧みて現代のだれもが評論家気取りでいられるような潮流に左右されないよう警告を発している。この警告は小説が伝承に基づいたものだからという理由からその妥当性を少しも減じないであろう。

「聖ヘレナがコルチェスター出身であることや、コエル老王の娘だったことを文字通り信ずるのは愚かかもしれない。しかし文献から推断していわれていることを信ずるほどには愚かしくあるまい。別の伝承によれば聖ヘレナの父は宿屋の主人だともいわれている。しかしコルチェスターにはじめ住みついたのはカキ[1]だといいだしかねない未来の批評家ほど愚かしくない」とG・K・チェスタトンは例の史書で伝承をユーモラスに弁護した。聖人

1　コルチェスター名産

伝のなかの主人公に安易に自己同化しないようウォーは読者に注文をつけている。聖人と自分とどこがどうちがうか、彼はそこが考えてみたいのだ。

中野記偉（上智大学英文学名誉教授）

※『十字架はこうして見つかった　聖女ヘレナの生涯』（女子パウロ会刊・一九七七年）に掲載された「解説　歴史小説のなかの聖ヘレナ」を一部改訂の上、転載しました。

訳者あとがき

このほど文遊社から「ヘレナ」を再版したいとのお話を頂きました。なんと今から三十六年前に女子パウロ会から出版された本で、『十字架はこうして見つかった　聖女ヘレナの生涯』というタイトルでした。私自身あまりにも前のことなのですっかり忘れており、しかも十七年前にわが家が漏電から全焼して、原書は焼けて無くなり、訳書も黒こげでさわるとボロボロ灰が落ちる始末、読み返すことも出来なくなっていました。けれど文遊社の久山めぐみさんの「大変興味深い作品で、絶版になっているのが残念」というお言葉に励まされて、復刊して頂くことになりました。私自身は長年の間に百数十冊の訳書をやり終え、齢八十を超えたので、もう仕事はお終いと思っていたところなので、思いがけないお申し出でした。

幸い解説をお書き頂いた中野記偉先生もご健在で、再版をお喜び頂けました。

読者の皆様には、新しいタイトルで、改めてイヴリン・ウォーの名作をお楽しみ頂けると幸いです。

二〇一三年七月

岡本浜江

訳者略歴

岡本浜江

1932年生まれ。東京女子大学文学部卒業。共同通信社記者を経て英米文学の翻訳を始める。パール・バック著『愛になにを求めるか』、エリス・ピーターズ著『修道士カドフェル』シリーズ、キャサリン・パターソン著『テラビシアにかける橋』など訳書多数。

＊本書は、『十字架はこうして見つかった　聖女ヘレナの生涯』（女子パウロ会／一九七七年）を改題し、訳者による改訂を加えたものです。なお、今日の人権意識に照らして不適切と思われる語句や表現については、時代的背景と作品の価値をかんがみ、そのままとしました。

ヘレナ

2013年8月1日初版第一刷発行

著者：イヴリン・ウォー

訳者：岡本浜江

発行者：山田健一

発行所：株式会社文遊社

東京都文京区本郷4-9-1-402　〒113-0033

TEL: 03-3815-7740　FAX: 03-3815-8716

郵便振替：00170-6-173020

書容設計：羽良多平吉 heiQuiti HARATA@EDiX+hQh, Pix-El Dorado

本文基本使用書体：本明朝小がな Pr5N-BOOK

印刷：シナノ印刷

乱丁本、落丁本は、お取り替えいたします。

定価は、カバーに表示してあります。

Evelyn Waugh

Helena, 1950

ISBN 978-4-89257-086-5